夏子の冒険

夏子的冒險

夏子の冒険
夏子的冒險

Mishima Yukio

三島由紀夫

劉子倩　譯

夏子の冒険
夏子的冒險

目次

第一章　熱情家在哪裡？

1

某天早上，夏子在早餐桌上宣布「要進修道院」時，全家人驚愣得半天動不了筷子，只有味噌湯碗冒出的熱氣在靜默中如焚香的青煙般冉冉上升。

夏子正值雙十年華。從小，她就習慣用這樣突如其來地宣言嚇唬家人。

七歲那年的早春，她宣言：

「我已經吃膩菠菜了。」

不管是罵是哄，她都不肯再吃那種當季蔬菜。

十五歲時，她宣言：

「我這輩子再也不穿紅衣服了。」

直到今天她都沒穿過紅色系的服裝。只因為當時某個朋友說，「妳一點也不適合穿紅色。」

因為有這樣的實例，從小只要是她下定決心的事，她宣言時的語氣就會帶有某種特色，因此家人也不敢當成耳邊風隨便聽聽。

夏子平日沉默寡言卻又有點狂熱。嚴格說來屬於南方人的長相。她的祖父以前是紀州的大木材商，當地人的長相不分男女都令人感到某種勇猛的氣質，彷彿沐浴在豔陽下成長的碩大果實。帶著溫暖水光的眼睛，烏黑的頭髮，形狀有點俗氣、非常飽滿的嘴唇，就女人而言太過強悍的挺直鼻樑，想必有人認為這都是暖流的影響。夏子的特色，就是有點浮腫的眼皮，給她的眼神增添一抹難以形容的慵懶性感。

夏子在學期間就有無數人向她求愛。踏出校門後，夏子的身邊更是時時刻刻圍繞著男人。她總是用昆蟲學者的眼光觀察這些男人。有的男人像獨角仙。有的青年像螽斯。有的學生像白紋蝶。有的上班族像天牛。還有膚色黝黑的矮小男人像蟋蟀。夏子將男人分門別類，私下稱他們為某某類某某目。例如某個青年，因為求愛無門忍不住哀聲嘆氣，但他的嘆氣聲很像蒼蠅的拍翅聲，而且還露出兩顆金牙，於是不幸被稱為「金蒼蠅」。不過，夏子雖然私底下講壞話毫不留情，表面上卻和每個男人都有點像情侶在交往，膽小的母親每次看到女兒這樣都替她捏了把冷汗。

2

這些男人最頭痛的，就是夏子完全沒有所謂的偏見。這個天使，像紅十字會的天使一樣奉行博愛主義。無論對任何事，都不會說出「乙比甲更好」這種話。她總是這個也好那個也好。當然這些年輕人急於讓她只看到自己一個人的優點，但是夏子似乎認定特別待遇是罪惡。她對任何男人都是半帶輕蔑半尊敬，半帶喜愛半嫌棄。

某個不甘心的男人嘴硬說，她雖無法愛人，卻生來就懂得慈悲。儘管如此，只要看到夏子水汪汪的眼睛和烏黑的頭髮，任誰都不會懷疑她的內心深處沉睡著熱情家的血液。夏子的熱情，就像人人都相信存在卻誰也沒有見過的鬼。

不過在夏子看來，那全是男人的錯。夏子沉睡的熱情，非常強而有力，所以只有同樣強而有力的熱情才能與之產生共鳴。可是在哪個男人眼中能發現那樣的熱情呢？比方說任職紙漿公司的辰雄，眼中永遠只燃燒著加薪的期盼和升為高級主管的夢想。在大學法律系當助手據說成績非常優秀的雞一，眼中只有想當教授的野心。建築系的大學生阿誠，某天更是帶來別具意味的禮物令夏子非常失望。

「妳猜猜看這裡面是什麼。」

阿誠用手指勾著以百貨公司贈品用的包袱巾包裹的東西，在她眼前晃來晃去。阿誠一笑起來，黝黑的臉頰就會出現酒窩，是個單純爽朗的青年。他總是吹口哨或把手指按得喀喀響，好像不隨時隨地弄點動靜出來就不甘心。他用沾染製圖墨水的手指，像起重機那樣慢吞吞將包袱上上下下晃動。

「壞心眼。如果我不像小狗那樣雙手拜託，你就不給我看嗎？」

阿誠乖乖在桌上攤開包袱。頓時出現一個美麗洋房的迷你模型。大門和圍牆塗了白油漆，上面纏繞無數玫瑰花。院子覆蓋以綠色油畫顏料弄得看似毛茸茸的草皮，溫室使用大量玻璃紙當成玻璃。紅屋頂，紅磚門柱，紅磚門廊，所有的窗子都飄揚著碎花圖案的窗簾，還有郊外常見的那種後院成排杉樹……彷彿建造在陽光普照的高地，這座用厚紙板做的洋房，此刻在桌上盡情沐浴燈光。看著屋頂落在草皮上的影子，好似只有那裡，棲息著初夏靜好晴朗的午後時光。

「哇，好漂亮。這是什麼模型？」

大學生羞紅了臉。他說出如果沒有陶醉在自己的言詞中恐怕說不出口的話。那是今天他打從踏出家門就一直在背誦的句子。

「……這是將來和妳一起住的房子，是我自己設計的。這就是我的生活理想。設計得非常適合居住。耐震防火，住個三、四十年絕對沒問題。」

夏子一聽就皺眉頭。這個青年也滿腦子只想著這種事嗎？把夏子關在這樣用花裝飾的美麗小牢房就是他的理想？住個三、四十年？想都別想！住上三、四十年，連天花板的木紋有幾個洞都能倒背如流，關在回憶的繭中一步也不想出去。偶爾兩人出門散步。用平靜的聲調討論家計。這個青年就算再過四十年想必依然是溫柔的良人。唉，受不了。

夏子以非常過分的方式不斷拒絕眾人的追求，但就算被拒絕，也沒有男人流露出一絲自殺的激情。某次還發生過這樣的事。

有個青年得意洋洋地開著名貴的高級轎車載著她四處跑。那是因為身為製藥公司社長的父親買了兩輛車，不時把其中一輛借給兒子開。某晚，他們一起去大森的朋友家參加派對，回程本該是青年把她送到家。沒想到車子上了京濱國道就往反方向奔馳。

夏子坐在副駕駛座。晚禮服的肩頭披著絨鼠皮短大衣。穿著藏青色西裝的青年，手臂上還沾了一點絨鼠毛如蒲公英的花絮，足以證明剛才是他拉著她的手護送她上車。夏子本想說開錯方向了，想想還是沒吭氣。車子平滑地朝橫濱駛去。

「妳不驚訝？」青年問。

「不是。」

「很驚訝？」

「對。」

於是自戀的青年認定夏子對他有意，意氣風發地按喇叭。夏子還是不吭氣。後來她從手提包中取出菸盒。她平時並不抽菸。青年覺得奇怪，斜眼一瞟，只見她修長的指尖抽出兩根菸，把兩根都叼在嘴裡。

「一定是要替我點菸吧。」

他心想，不由竊笑。夏子用打火機把菸點燃。從她吸菸的生澀動作，可以看出她並不習慣抽菸。點燃之後，她雙手各拿一根菸，接二連三地輪流吸那兩根菸。火焰越發通紅，顏色很美。

「她是在吊我胃口吧。我該叫她趕快給我一根菸嗎？還是該默默伸出手直接拿菸更瀟灑？」

青年這麼想時，夏子雙手拿著點燃的香菸，就這麼靠向他的肩頭。香水味飄來，濃厚的暖意碰觸肩膀。

「咦，難不成，她已經醉了？」

夏子伸臂摟住青年的頭。當青年察覺時，香菸的火星已靠近他的兩頰。

「啊！」

「把車子調頭。否則，小心被燙傷喔。」

如果用右手拍開，左臉必然會被菸頭燙傷。若用左手拍開，右臉大概會燙傷。如果用雙手拍開……車子八成會衝上人行道。這個時間的國道還有很多汽車行駛。

青年一個大轉彎，開回剛才走過的路。夏子沒有繼續吸菸，隨手扔進菸灰缸。直到抵達夏子的家，兩人始終無言。

這個富家少爺——他叫做研一——夏子其實不怎麼討厭。她認為此人還算有點魄力。壓低的雙眉和大掌，好像有種力量足以毫無顧忌地像穿長靴踩進泥濘那樣踩入女人心中。結果那個男人，居然因為區區香菸的火星就窩囊地改變主意！

夏子對於沒有任何男人蘊藏一絲熱情感到絕望。至少擁有強烈慾望的話那她還能理解，可是就連看起來最有希望的研一都是那副德性。

她本以為藝術家之中或許有那樣的血性男兒，但每個畫畫的青年都以天才自居，把「藝術」這個名詞當成口香糖濫用。而且把所謂的藝術野心，當成吸引女孩芳心的配飾。雖然沒有文藝青年像蒼蠅那麼惱人地出現在她的生活圈內，但她認識的年輕音樂家也夠古怪了，此人在家裡獨自用餐時，會配合古典樂唱片的節奏拿刀切肉，還用作品一號、二號這種作品編號來喊女人。「那個女人是降B大調」就是他評鑑女人時的暗號。至於上班族又嫌太無趣，什麼話題都沒有。他們說的笑話，總是從哪個娛樂雜誌抄來的。簡而言之，這些都會青年已經完全喪失眼中的神采。

初夏的某日，夏子從餐廳的二樓和朋友一起俯瞰人來人往品頭論足。

不管看哪個男人，也無論看任何手挽著手的情侶，夏子好像都可以猜到他們的大致去向。

「簡直是通往死巷的隊伍。」夏子說。

「為什麼？」

「因為我很清楚，不管跟隨那其中任何一個男人而去，能夠通往美好新世界的路都已被堵住。男人的魅力除此之外還有什麼？除了只要默默跟著他，就能帶我去以往想像不到的新世界之外，別無魅力可言。不信妳看那邊。」

夏子戴著白色蕾絲手套的手，指向幾個看似上班族的青年。

「那些人就是死巷的代表。後面走來的那個穿著花俏運動衫的人是誰？」

「那是有名的N・Y。他畫出嶄新又美妙的畫作，所以最近，就算畫出平底鍋裡有機場那樣的畫也被大家視為理所當然了。」

「即使跟著那個人走，頂多也只能去法國，嚐到住在巴黎廉價小出租屋的滋味吧。那樣子，真有那麼美妙嗎？遲早會想吃茶泡飯，回到日本，住在沒有任何西式房間的屋子度過餘生吧。被世俗的名聲和弟子們圍繞，鐵定還是死巷。」

夏子就算想像自己跟隨那一個個男人，還是毫無心動之感。她能想像到的，都是自己變成黃臉婆挽起袖子，把擦地板的抹布掛在長火盆烘乾的模樣，或是變成花枝招展的交際花，主持夜間派對的模樣，但那些都是乏味得無藥可救的空想。

「唉，不管跟誰走，都不可能為愛賭上性命或是冒著生命危險。男人開口閉口總在抱怨時代糟糕、社會糟糕，卻沒發現最糟糕的其實是自己的眼中毫無熱情……」

就這樣，夏子在某個早晨突然宣稱要進修道院，那是她經過長久的思考，最後才做出「既然怎麼找都找不到理想的男人，不如獻身給神，與世隔絕地生活」這個非常勇敢的結論。

修道院。……想必只有那裡不是死巷。

3

夏子在學校經常聽說修道院長和修女的故事，她對函館的特拉普修道院、紀律嚴格的熙篤會修女們住的天使園修道院憧憬已久。那裡禁止對話，但她不介意保持沉默。修道院沒男人，但她早已看厭男人。而且這個老練的男人專家，身體毫無疑問是乾淨的。

對於她想進修道院的念頭，不能以邏輯看待。基本上，在夏子這個年紀本來就不可能有什麼合乎邏輯的行動。那個念頭如詩人的靈感突然襲來。就像是因為隔壁鄰居太太的和服花色很好看，或者只因為有太多衣服，於是下定決心再也不穿和服的女人，她一旦這麼決定後，不會再去分析想法重新思考，寧可把那個念頭培育成異常的執著。

……如此宣言的夏子周遭，是家人好一陣子的沉默。照進餐桌的晨光令靜靜升起的味噌湯熱氣更加醒目。

「那可不行。」父親說。

「絕對不可以。」母親說。

「開什麼玩笑。」守寡的姑姑逸子說。

「我的天啊，童言無忌，童言無忌。」祖母說。

大家各自嘀咕了一句，可是再往夏子的臉上一看，她毫無反應，於是大家又沉默了。

因為了解夏子越遭到反對就越固執的個性，一家人之後努力對這個問題絕口不提，父親左思右想到底是什麼原因，最後甚至撕下客廳相簿裡瑞士修道院的兩三張風景明信片。可惜那樣做毫無用處。夏子沉默地繼續進行準備，能送給朋友的東西都趁現在送光了。一個好友因收到全套鑲嵌藍寶石的耳環和胸針而大喜過望。

夏子的父親本來就是天主教信徒。這位嚴謹的企業家，把星期天早上全家上教堂當成生活的樂趣，但他無法理解每次去教堂都不大情願的夏子居然揚言要進修道院。他捐錢給教會，祈求上帝保佑自己盡量避免不幸並且發大財。如果女兒真的進入修道院，他大概會覺得又捐錢又賠了女兒，等於被剝了兩次皮吧。

天使園修道院的入會條件要求必須是天主教信徒，並且取得父母及教會的同意，品行端正，沒有必須扶養的親屬拖累。教會的同意自有校方代為解決。夏子必須取得的是父母的同意。她嚇唬家人說如果不讓她進修道院就要自殺，服下分量不足以致命的安眠藥連睡了兩晚，搞得全家人神經衰弱。父親去學校商量後，得知入會後還有六個月的志願期，期間如果反悔想回家隨時可以退出，他期待這個難纏的女兒好好受一次教訓，於是反而開始對夏子的入會非常積極。

許可是在六月下旬拿到的。梅雨季一過，夏子也同時做好了啟程去函館的準備。最後決定由祖母和姑姑、母親三人陪同，把夏子送到函館近郊的修道院。

梅雨過後的上野車站夜間月臺，聲勢意外浩大的送行隊伍，令其他旅客紛紛朝一等臥鋪車廂的門口側目。若說是電影女明星出行，卻未看到閃光燈，若說是高貴的貴婦，送行者又太年輕。女孩們爭相從窗口扔進鮮花和糖果，男孩們守在夏子身邊也不怎麼說話，只是定定凝視這古怪的處女即將踏上旅途的風姿。他們任由汗水滑落臉頰也不擦，以癡迷的眼神看著夏子特意挑選的低調的白色夏季套裝，就像頑童把鼻子壓在玻璃櫥窗上，盯著誰都沒碰過就已被人訂走的進口空氣槍。說到這裡，至今仍沒有任何男人，能夠在看她時不去意識到壓扁鼻子的這片玻璃。

在學校的低年級生之間，夏子因為這次的事已經成了英雄。她被人獻上滿懷的白百合花束，花莖處還用白色緞帶綁了一張卡片，上面寫著：

獻給宛如純真無垢的百合花
成為天使之園歌姬的夏子同學

因為夏子立志成為歌隊修女[1]。

祖母受不了吵鬧，在耳朵塞了棉花窩在座位上，手裡替夏子編織的襪子老是手

1　歌隊修女，以前的女子修道院分為通曉拉丁文能夠唱誦聖務日課的歌隊修女，和負責廚房等勞務的勞動修女（助修女）。

滑打錯。她覺得北海道的夏天一定也很冷，所以借來兒子的全套駝毛衛生衣裹在身上。此刻正拿出扇子，給駝毛衛生衣和肌膚之間搧風。

「唉呀熱死了，這簡直是酷暑地獄。」

「誰叫您要穿這麼厚。」

「回程一定會被淚水浸泡得渾身發冷吧。」

「老太太真是的，好像很期待流淚才不惜大老遠去函館。」

「那是因為流眼淚時，會感到『啊——我還活著』。」

祖母收起扇子，突然伸到脖子上四處搔癢。是駝毛衛生衣弄得滿身大汗令背上發癢。

母親站在夏子身旁，忙著對大家打招呼，同時一次又一次讚美小姑娘們的衣著和隨身物品。因為她的形象向來是「品味出眾的阿姨」。忙碌的丈夫始終沒露面。起初她還一再伸長脖子期待丈夫或許會出現，不過以丈夫的個性，既然說了不來就不可能出現。

夏子在母親的慫恿下，忽然站在火車的臺階上，眺望送行者後方月臺的黑暗空間。只見一名青年一手拎著舊行李箱，肩上扛著裝在皮套裡的獵槍走過那邊。他停下腳步，目瞪口呆地望著梯子上的白衣少女。那一刻，他的頭髮不經意散開似地垂落額頭。

夏子看著他的眼。即使隔著這麼遠的距離，仍可清楚看見青年眼中的光芒。她不禁在口中吶喊，

「啊，就是那個！」

第二章　這正是熱情的證明

1

夏子從小的睡眠品質就特別好。臥鋪車廂雖然悶熱，她照樣熟睡到七點多才醒。一行人占據了臥鋪一號至四號。對面的下鋪傳來祖母的鼾聲，鼾聲帶有她向來令全家頭痛的拿手歌謠的調子。因為穿了太厚的衣服睡覺，似乎在睡夢中不自覺地掙扎，從布簾底下露出蒼白乾癟的小腳。夏子從對面上鋪的布簾縫隙俯視祖母的腳，在空中亂蹬後又羞澀地縮回布簾內，不禁噗哧一笑。她還不想起床。她把發熱、倦怠無力的雙臂放在腦後。修道院……她知道那裡什麼也沒有。別人都是去那個什麼也沒有的地方尋求心靈安寧，夏子卻不同。什麼都沒有，反而讓她覺得新鮮，充滿刺激，是一種冒險。一旦去了就無法回頭，才是美妙的冒險。她已經受夠了瀕臨危險時，隨時可以輕易回頭的那種幼稚的愛情遊戲。想必還沉溺在少女特有的誇大妄想中的她，認為自己沒有變成任何男人的所有物卻進入修道院，就是對世間所有男人的強力反擊也是復仇。

夏子早上喜歡躺在床上，把枕邊的小鏡子拿到臉前，和自己進行沒營養的對話。

「妳已經醒了？」鏡中的她說。

「醒了。」

「今天一定會有什麼好事發生喔。」

「是嗎，真令人期待。是什麼事呢？」

「不能告訴妳。」

「那我們晚上睡覺前再見吧。」

晚上，在梳妝臺前，

「妳背叛了我。什麼好事也沒發生。」
「Y這個青年如何？」
「那種笨蛋完全不行。」
「可是如果愛上那個人，妳也能得到幸福。」
進了修道院之後，連這樣煩人的習慣也會消失吧。每天已經不可能發生什麼好事了，如此認定的這一天，對夏子而言倒像是美好的早晨。
據說歌隊修女夏天的日課，是從凌晨兩點開始。修女必須穿黑色外套，白色聖衣[1]，白色胸圍，禱告時還要加上一件寬鬆披風型的白色外套。那件聖衣是聖母的衣服，穿上那個就能去聖母身邊。
鈴蘭山丘旁，高聳石牆圍繞的修道院二樓寢室，響起凌晨兩點的起床鐘聲。聖母小聖務的早課，兩點半開始默禱，三點懺悔，四點二十分拜領聖體做彌撒，等到夜色緩緩退去終於可以吃早餐。早餐吃的據說是摻有蔬菜的米飯或麵包，醃菜，頂多偶爾再加上牛奶。這下子大概也不用擔心發胖了。
這具肉體遲早會像空氣一樣，只剩靈魂，只是安靜飄散如玫瑰香氣。夏子隔著淺紅色睡衣撫摸穿內衣的胸部。熱氣淤積在臥鋪車廂低矮的天花板，因此乳房有點冒汗，很熱。這個將化為透明的空氣。這麼一想，她能夠想像自己的身體被遠比任何男人更有力且溫柔的無限力量緩緩勒緊的醉人感受。就像檸檬放在清潔的玻璃搾汁器上被榨乾。

她想起在學校聽某位修女說過的故事。建造函館修道院的其中一名修女，據說後來被稱為聖伯格曼，為了懲戒自己的傲慢，在木鞋中放了七顆小石子。聖伯格曼很尊敬喜愛紫羅蘭的聖德蕾莎，平時努力效法聖德蕾莎的德行，當她的死期逼近時，院內瀰漫紫羅蘭的香氣。打掃的助修女發現了。可是距離紫羅蘭開花的季節還有一個月。助修女吃驚地尋找香氣的來源，原來那是從臨終的聖伯格曼病房飄來的。

1 聖衣，拉丁語為Scapulae，是一種罩衫。

2

「小夏，妳已經醒了嗎？」母親從下鋪喊她。

「對，早就醒了。」

「妳可真能睡。」

「對啊，睡得很熟。」

「妳真是堅強。如果是男孩子，肯定是那種入伍當兵的前一晚，都能鼾聲大作呼呼大睡的孩子。」

「我打呼了嗎？」

祖母從對面的下鋪布簾探出頭問。平時睡在自己一個人的房間，可是碰上出來旅行和大家一起睡時，隔天早上祖母總是不忘這麼問。

「沒有，完全沒有。」

這麼回答，祖母就會很高興。

「我想也是。我最自豪的，就是自從我十九歲嫁進門被婆婆責罵後，就再也沒打呼過。什麼事都是看自己有沒有下定決心。」

這時，早已去洗臉的姑姑，睜著通紅的眼睛，把至今仍頑固梳著二〇三高地髮髻[2]的頭髮打理得服服貼貼地出現了。

「早。下雨了呢。但願抵達青森之前能夠放晴。」

之後服務生來收拾臥鋪。將上層床鋪折向天花板。下層變成面對面的長椅，翻出細長的桌子。然後發給她們渡輪旅客名冊。

「松浦夏子，二十歲。」

「松浦光子，四十五歲。」

「松浦加代，六十七歲。」

「近藤逸子，五十五歲。」

「回程也要填寫這個吧。」姑姑說。

「到時候這裡面將會獨缺小夏一人的名字。」

2　二〇三高地髮髻，明治三十七年日俄戰爭爆發，日本奪取激戰區二〇三高地時正好也開始流行這種髮型，遂將這種髮髻高高堆到頭頂，前髮隆起的髮型稱為二〇三高地髮髻。

說到這裡，姑姑突然哭出來，把折成正方形的手帕，像魔術師的旗子那樣猛然抖開蒙在臉上，大家連忙安慰她。祖母和母親聽到這種話，當然也眼角含淚。她們確信夏子進修道院只是一種家家酒遊戲，自己這些人是在守護她，但是萬一夏子很中意修道院，決定一輩子關在裡面，那就無法挽回了。夏子倒是滿不在乎，甚至十分愉快地喝著保溫瓶倒出來的咖啡。她最拿手的，就是絲毫不會陷入感傷心境。

來到淺蟲附近時，雨不知幾時已經停了。海上的晨霧中，隱約可見左右兩側伸出的海岬。眺望海上小島的夏子，爽朗地大喊。

「哇，有彩虹！」

大家都把臉湊近車窗。那是稀薄的彩虹。不說都沒發現，但是這麼仔細一看，從小島頂端往氤氳模糊的外海不知名的某處，的確架起一彎虹橋。

這時夏子突然想起昨晚做的夢不由臉紅。她夢見那個在車站驚鴻一瞥的扛獵槍青年，搞錯臥鋪爬上了她的床。

3

過了九點後渡輪載著一行人駛離青森。海風冰涼。祖母和姑姑窩在船艙內。港口漆成綠色的事務所漸漸遠去。夏子和母親並肩倚靠甲板欄杆。

「和媽媽分開不會難過？」

「這個嘛，是有一點難過啦。」

「真是敗給妳了。哪家小孩像妳這樣，簡直白養了。」

「我啊——」她拿著朋友臨別贈送的扇子，默默思考時手閒著沒事幹，明明不熱也打開扇子搧，但是海風強得幾乎壓倒扇面，她只好收起扇子，用那個敲打欄杆說，

「雖然媽無法理解，但我還是要說我絕對不是任性或抱著好玩的心態。」

「這個我很清楚。」

母親就像對待易碎物品那樣小心翼翼說。夏子又說，

「這種心願能夠實現簡直太不可思議，甚至難過不起來。如今想想，爸爸為什

麼沒有揍我或是把我關起來呢？真不可思議。」

「那樣做妳就會打消念頭？那樣對待妳才好？」

「不。」夏子含糊以對。

「可是，什麼阻礙都沒發生也太不可思議了。到目前為止的人生太順遂，讓我更覺得一切都像是假的。」

母親已經受夠了這種不像個女孩子的議論，所以回船艙去看祖母和姑姑在幹嘛。夏子走在寬敞的大廳。事務長向她打聲招呼後就走開了。八成以為這只是個穿著黃色夏季洋裝要去北海道旅行的富家千金。誰也不明白夏子的心情。很多女人就是這樣過完一生。「居然和那麼奇怪的男人結婚，真搞不懂A子的想法。已經過了十年了。居然還沒提離婚。真搞不懂A子的想法。……已經過了二十年了。A子就像壁龕的擺飾。結果她還挺開朗的。真不明白她的想法。……過了三十年了。A子死了……」

夏子走下樓梯，在下面的甲板漫步。一群戴著制服帽的國中生正在玩捉迷藏。其中一人撞到夏子，抬頭一看她的臉，驚艷地瞪大眼睛。甲板的天花板上有波光粼粼蕩漾的波紋。她愣在原地。因為她看到昨天的青年。

夏子屏息注視那個身影。青年的槍似乎放在船艙裡，沒帶在身上。他穿著極為普通的長褲，普通的白襯衫。除此之外毫無裝飾也毫無特徵。長相也沒有特別引人注目之處。然而夏子只是對他的側臉投以一瞥，立刻醒悟那是昨晚的青年。

唯有那定睛凝視海面的眼中光芒，絕非隨處可見。那雙眼睛晦暗，黝黑，帶著森林野獸的光芒。雖然眼睛很亮，卻非尋常的光芒。彷彿從深邃的混沌深處射出，彷彿不知如何處理某種無比龐大的東西，總之是異樣美麗的眼眸。深邃的眼眸看似在注視上午海岬的明媚陽光，其實是在追逐更遠處縹緲不定的影子。夏子很感動。以往在任何青年的眼中都找不到這麼強烈的感動。都會青年們只有輕浮、毫無內涵、空虛的眼睛，故作風流的冷漠眼睛，幼稚得像小兔子的眼睛……沒有一個人擁有這樣的眼睛。

這雙眼睛正是熱情的證明。

第三章　美好的俗世一日

1

夏子看著那人的側臉，漸漸感到胸腔內被緊貼住似的窒息感。她想說話。想被拯救。明明是自己選的路，然而現在，她清楚知道女人心隱約還是渴求援手。夏子打開扇子苦悶地搧風。白檀扇骨白色扇面，上面畫了成群蝴蝶，是很華麗的扇子。這時海風從已經半失去力氣的夏子指間蠻橫地搶走扇子。扇子在空中如燕子瞬間翻飛。青年在口中吶喊，伸長手臂。像運動員一樣速度快得令人目眩。但是當然不可能來得及。兩人不知怎的露出歉疚的神情對看。

「啊，真可惜。」

青年說。夏子已把扇子拋諸腦後。扇子很快就在波濤之間緩緩遠去。

「那把扇子是餞別禮物。」

夏子說。

「噢……妳要去哪裡？」

「特拉普修道院。」

「妳要進修道院？」

青年就像眺望奇妙的小鳥那樣看著夏子。

「對。」

——夏子坦然回答。

「你要去打獵？」

「打獵……」青年語塞。「妳怎麼知道？」

「因為你昨晚拿著獵槍。」

「我是帶了槍沒錯，但妳在哪見到的？」

「很不可思議吧。」

「不過，妳要進修道院更不可思議。」

「今晚住在湯川，明天一整天參觀函館留個紀念，後天早上，我就要去修道院了。」

「後天早上……進了修道院就不能出來了吧。」

「對，基本上是。」

青年陷入沉默。他似乎懷疑自己被戲弄，忽然露出微笑想看夏子。但是還沒這麼做似乎就領悟了真相，又移開目光緘默不語。

夏子從未像此刻這樣憐惜自己終於要綻放的肉體，期盼在男人面前驕傲地展示這具肉體。可是青年不看夏子。他定睛俯視船破浪前進時海面的白色泡沫，說道，

「我叫做井田毅。我忘記帶名片了。」

——他笨拙地隔著長褲摸摸口袋。

「明天一整天我也會在函館閒逛。如果有緣定能再見。妳住在哪裡？」

「湯川的若菜屋。」

「我住在市區的榮町北榮館這家小旅社。」

兩人如果再繼續說下去，恐怕就要開口邀約了，所以又像之前一樣默默凝視大海。這時夏子的母親突然怒氣騰騰地快步經過甲板，口中喃喃唸著「小夏，小夏」走來。

「哎喲，原來妳在這裡啊，真是的。」

夏子和青年之間略有距離，因此母親的眼中只看見夏子一個人。

「妳一個人待在這種地方做什麼。我還以為妳跳海了，真的快擔心死了。都是因為剛才在船艙閒聊時，妳姑姑突然從椅子站起來說，『啊！夏子到哪去了！』」

2

夏子和毅直到下船都沒機會碰面。下午快兩點時，渡輪進入函館港。位於山腹的立體街景及美麗植物漸漸鉅細彌遺地映入眼簾。港內沒有其他像樣的船隻，只有小艇和木舟忙碌地四處打轉。一行人從棧橋雇了車，直奔郊外的湯川溫泉。

「唉，熱死了。真不可思議。」

祖母脫下棉襖還是很熱，打到一半的毛線早在船上就已塞進行李箱。那晚由於旅途疲憊，一行人住進可以看見海上漁火如成串頭飾的海邊旅館一室，早早就睡著了。夏子深夜被祖母的鼾聲吵醒，但就連這樣也無法阻撓她的疲憊睡意太久。

翌晨四人一起去寬闊的羅馬式大澡堂，並排泡在那豐沛透明的熱水中，四人之中當然只有夏子一人光彩奪目。她的肌膚光澤半融化在水中，和水光難以分辨。

「今後妳再也不能這樣悠哉地泡澡了。」

母親這麼一說，姑姑又開始哭哭啼啼。姑姑含淚說想替夏子搓背作為臨別紀念。夏子趴在池水溢出的磁磚上，接受祖母、母親和姑姑三人的愛撫。瘦骨嶙峋的祖母，肩胛骨之間如果澆上水甚至會形成小水窪，但她把全身上下唯一還有點肉的肚子貼著夏子的背部，愛憐地撫摸夏子的頭髮。

「哎喲，這頭髮長得可真好。真可惜。不過幸好天主教的尼姑和佛教的尼姑不同，不用剃光頭。」

子說。

「噢，妳的腳趾真可愛。」姑姑忙著給夏子的腳趾之間搓肥皂泡，一邊吸著鼻子說。

「我想起這孩子剛出生時。院子正好有紫薇花開。那時是夏天。夏子真是個好名字。我如果有這麼好看的腳趾，或許反而會希望至死都保有處女之身。」

其他的浴客聽了不禁失笑。除了夏子之外的三個中老年裸女，一起朝笑聲轉頭，笑哈哈的浴客嚇得不敢再吭聲。

3

吃完早餐，夏子突然在梳妝臺前坐下，開始花很長的時間仔細化妝。祖母和姑姑、母親默默旁觀。可以看出夏子的心中出現某種變化。卻不知那是什麼變化。

夏子沉默地起身從行李箱取出嶄新的衣服。是雪白的鯊皮布套裝。裡面穿的是華麗的蘇格蘭格紋襯衫。祖母和姑姑、母親都目瞪口呆地看著沒說話。像是知道就算質問她要去哪裡也得不到答案。

「我想一個人出去走走。傍晚之前回來。絕對不用擔心。」

任性的女孩只留下這句話就匆匆走出旅館。榮町這個地名，昨晚在旅館的娛樂室看地圖查閱過。她在上午的夏日陽光下，慢條斯理地走到市電車的起點站。一邊想著今天是最後一次走在現世、浮世。

她立刻找到北榮館。那是一間老舊冷清的旅社。喊井田的名字後，身穿白襯衫的他，快步從巨大的掛鐘後方陰暗的走廊深處出現。走廊的地板爽快地吱呀作響。

「嗨。」

他露面時似乎很懷疑自己眼花看錯人。就只是這樣，沒問她來訪的理由。他豪邁地走來，自己從鞋櫃取出鞋子，就這樣走到陽光刺眼的戶外。完全沒有驚愕的樣子。反而是夏子辯解似地說，

「今天是我在俗世的最後一天。」

「俗世今天是美好的天氣喔。」

他仰望天空，打了一個大噴嚏。

「去函館山散步吧。那裡的景觀不錯。我記得應該也能看見修道院。」

說著好像立刻就要去那裡散步，但再仔細一問，還得走三十幾分鐘才能爬到山頂上。兩人走上鋪設寬闊水泥路面的潮見坡，穿過潮見丘神社綠意盎然的境內。從那一帶開始，回頭已可看見港口如畫呈現。

「這人是個什麼都不用說也能溝通的人。」夏子暗想。「不需要說明、道理、理由、辯解。俗世的最後一天應該會是美好的一天。」

上坡路穿過蒼鬱的松林之間。只聞蟬聲嘶鳴。才走了十分之一的距離，就出現陰暗涼爽的洞窟。

「妳看那裡，」青年津津樂道，

「去年夏天，有一對情侶進去裡面，才剛坐下，屁股就一陣涼意，連忙去報警，結果警察來了一挖，據說挖出九十幾顆砲彈。戰時這裡曾經是要塞吧。」

「你來過北海道好幾次？」

「對。」

「來打獵？」

「對。」

青年聽到打獵這個字眼時，眉心微微擠出皺紋。夏子基於小孩似的好奇心，想讓那皺紋變得更深刻，於是追問：

「你要獵捕什麼？」

「獵捕什麼？獵捕並不是我的目的。我啊……」——青年用略帶諷刺的浪漫口吻說，

「是要報仇雪恨。」

第四章 在函館山頂

1

「我啊，是要報仇雪恨。」

青年這句頗有古風的說詞，有種刺激夏子內心的味道。

「我果然沒有看走眼。」

她暗想。此人可以理直氣壯做到世間認為最無意義的事情。他可以獻身於世人最瞧不起的感情。

但是青年斬釘截鐵的說話態度有種不容繼續追問的氛圍，因此夏子噤口不語。

今天不是假日，爬上函館山的人很少。到山頂為止一路遇見的人不超過十個。在那十人之中有三人看起來很悠哉，是每走一百公尺都要對路旁的石頭地藏合掌膜拜的大嬸。夏子和毅立刻追過這幾人。另外七人已經唱著歌走下山來，是看似學生的青年男女。他們在山路的拐角出現時，多數穿著白色運動鞋，快速衝下陡坡，所以腳看起來就像在半空中蹦跳而來。

視野驟然開闊，山頂在眼前出現了。似乎還有一段曲折路程才能抵達那裡。山頂看起來風很強，裸岩上生長的夏草都倒下了。

兩人在比山頂略矮處的展望台擦汗。那裡的茶店果然沒開，在山腰的茶店買的汽水這下子派上用場。從那裡可以俯瞰左右都被海水侵蝕變得細長的函館市區，也能清晰看見貫穿市中心的綠化帶、教堂、開花的庭園、水源地、市民球場。街頭各種聲音混合聽來宛如音樂。就像是站在音樂會的走廊，隔著門傳來交響樂聲。函館碼頭乒乒乓乓的聲音、汽笛、市民球場不時響起的叫聲、聽來意外響亮的中心街汽車喇叭聲……

「妳看那個。」

青年指向市區的彼方。

「城市更遠處起伏的地平線。那是橫津連峰，從北向西綿延。北端矇朧升起白煙的是駒岳。東端朝大海伸長的尖端是惠山岬。海岬更前方，可以看見妳住的湯川町。」

「在哪裡？」

夏子湊過來。那是彷彿要融入他的身體般柔軟又大膽的接近。青年嗅到香水混合流汗的肌膚些許體味後散發出午後鮮花似的熾熱氣息。他不自在地拿自己的肩膀擋住夏子的目光，

「瞧，順著我的手臂一直向前，就是那裡。」

他說。那條手臂略為上移，指向此刻雲影半遮的山腰那些閃爍的白點。

「湯川上方的那些白點妳看見了嗎？」

「對，看見了。」

兩人都有年輕敏銳的視力。

「那就是妳要去的天使園修道院的建築物。」

在那遙遠的山脈上空，以及惠山岬盡頭的海上，正巧有夏季上午的微雲拖曳。那散發光澤的雲層夢幻如天使，只差一步就能接近地面，卻在些許之差的地方懶洋洋躺平，似乎就這麼打起盹。

「要在那裡待到死呢。」

那裡現在和自己的肉體隔著異常遙遠的距離，令夏子感到某種生理上的安心。如果自己只剩下靈魂，想必可以直接從這裡飛到那邊，此刻和那個修道院之間的真實距離，被環抱港口的市區及綠意包覆的函館山腰等等給保住的這種安心感……

「今後，我大概會從那裡一再看著函館山回想起今天吧。」

「現在就這麼感傷，還能進修道院嗎？」

夏子沒有回答。抽出夏草的草心，放入口中咀嚼，最後問：

「喂，你的仇人是誰？」

青年露出惡作劇的微笑。

「妳聽了會嚇一跳。或者該說，聽了大概會幻滅吧。」

「告訴我嘛。反正我明天就不是這個世界的人了。不管什麼樣的祕密都不可能洩漏。」

「是啊，告訴妳也無妨吧。」

「快把仇人的名字告訴我。」

「妳猜。」

夏子蹙眉。這個青年不適合這樣輕佻的說話態度。

「快說啦。」

「要是有名字就好了。偏偏就是不知道。對方如果是人就好了。」

「難道不是人？」

夏子被強風吹乾汗水的肌膚感到顫慄。

「是熊。」

「搞什麼啊。」

「但那不是普通的熊。」

夏子起身邁步。青年也瞇眼仰望接近正午的太陽後邁步走去。

「怎麼了？聽到是熊很失望？」

「不是。」

她茫然回答。要把毅眼中的光芒和一隻熊連結到一起想，比重實在差太多了。其中必然有什麼故事。……熊！熊！她憧憬的「熱情」，竟然是以熊的型態出現！

2

從海拔三百五十公尺的山頂放眼望去是三百六十度全景，隔著津輕海岬，可以把津輕半島、渡島半島、下北半島這三個半島一覽無遺地盡收眼底。海面平靜無波，光線甚至達到飽和狀態，一切景色明朗得令人昏昏欲睡。如果沒有吹過頭上的強風，大概會覺得自己在無邊無際的夏日陽光中融化。

「風好大。還是下去要塞裡吧。」

青年說。他抓著夏子的手臂走下風化的石階。

山頂全體都是戰時砲臺的遺址。有點像龐貝的廢墟，變成拱廊的紅磚火藥庫，也從風化的石頭縫之間不斷滴水。兩人不知幾時牽起手，走過雜草叢生的壕溝內，穿過隧道。

隧道的牆上，被八成是停泊期間來此遊玩的船員們寫上大大的塗鴉。

「大慶丸組員三人」

「第五永福丸」

夏子想，可以理解船員不管去哪都想寫下自家船名的心情。這個船名的塗鴉，遲早大概也會在美國知名景點的木柵欄背後看到。如今這批船員不知在哪裡的海上……

兩人穿過隧道，來到就像乾掉的泳池那樣四面環繞水泥的明亮方形場所。太陽已升到正上方，因此這個泳池盈滿日光之水。

「找個地方坐吧。」

「那裡不錯。」

夏子指著長草的石階某一層。青年攤開手帕，替夏子鋪在從下方數來第二層。和剛才擦過汗的手帕不同，這是折得整整齊齊的雪白大手帕，青年準備得如此周

到，他的愛乾淨令夏子覺得這又是一樁愉快的發現，同時說道，

「太糟蹋東西了。這樣像是要登上王座。」

她有點搞笑地故作傲慢姿態拎起裙子坐下。青年在下層坐下，雙肘向外張開，手肘靠在夏子坐的那層石階上。

「剛才的話題請繼續。」

「我說就是了。我從沒告訴過任何人，但妳反正已經要去當尼姑了，就請妳抱著聽人告解的心情聽一聽吧。」

夏子把手放在毅的肩頭，

「現在還不能說我是尼姑。」

她非常不服氣地抗議。

「前年秋天，我還是個學生。」

青年開始娓娓道來。

第五章　不墜入情網才奇怪

1

……前年秋天，我還是個學生。

我父親是個小有地位的企業家，戰前就和多達十家的公司有關聯，自己也經營倉儲公司，投入不少心力。但他從不容許我揮霍，對於我和戰死的哥哥，他一直盡可能想把我們培養得質樸剛健。替我們挑選的學校也是比較野性的（在當時換言之也就等於是軍國主義）學校，我是登山社和劍道社相當活躍的社員。

說到我父親容許的唯一奢侈，就是帶我們去他餘暇時喜歡的狩獵。就連那個，也因為我還是學生，連帶路的父親自己都只搭乘三等車廂，是非常簡樸的旅行。

我在身為獵友會成員的父親幫忙下，很早就擁有狩獵證，這次旅行帶來的槍，也是米特蘭德二連槍，是父親買給我的。他自己也用過一段時間，所以這算是父親的遺物。

說是遺物，是因為他在前年春天突然腦溢血過世了。

那年秋天，是我學生時代的最後一個狩獵季，我想排遣父親過世的悲傷，於是背著獵槍啟程前往北海道。

和以前有父親的打獵同好們多方照顧，雖然方便卻很拘束的旅行相比，這次我打算來一趟雖然不方便卻自由自在的旅行，因此沒有通知任何人就抵達札幌。

「這次就去愛奴部落住住看吧。」

那是我長久以來的夢想。雖是非常平凡的夢想，但當時在我腦中，只有野鴨啊鹿啊雷鳥什麼的，還沒有那麼認真地想過交女友的事。那想必也是因為父親向來極力避免把我養得柔弱。

從札幌搭火車往東南方走了一小時後，抵達千歲這個車站。戰時在當地成立了千歲海軍航空隊，使得城市突然擴張。從支笏湖流出的千歲川貫穿這個城市，但我聽說距離城市四公里的川邊，還有蘭越這片古潭。所謂的古潭，也就是愛奴部落。

我計畫在那個部落待幾天，於是把準備好要送給愛奴族的燒酒和香菸也一起帶去。

「為什麼想去愛奴部落？」

夏子問。

「誰知道為什麼。大概是因為學生時代有段時期，每天面對的都是可以溝通的人覺得很煩吧。」

……井田毅穿著皮夾克背背包，拎著獵槍，踏上通往蘭越古潭的河邊道路。天氣已經有點冷。北海道的冬天是從十月下旬開始，所以此刻已是晚秋。

五彩楓葉妝點的群山之美自然無庸贅言。黃色，褐色，紅色，杏色，桃紅色，其間摻雜常綠樹的綠色，反而感覺像假的。定定瞇眼看著陽光照耀下的那種山腰景色，會陷入一種滿山都是各色花海的錯覺。

毅走過一座橋，抵達蘭越古潭的一端。戰後東京常見的那種臨時搭建的小屋散布各處。

古老的愛奴建築因為不衛生已被禁止，如今到處都是這種組合屋，裡面住著男人穿長褲，女人穿洋裙的愛奴族。每間屋子的簷下綁著愛奴犬，一齊剽悍地叫了起來。

毅從車道走入小徑，穿過狗群激動的叫聲。從某間屋子的窗口探頭窺視約三坪大的屋內。屋內有縫紉機，一名少女正賣力地踩著縫紉機。

「打擾了。」

毅出聲喊道。

少女留著妹妹頭，瀏海美麗地垂落在機械前看不見臉孔，但是被這麼一喊，彷彿察覺危險的野獸，迅速抬起頭，正面直視毅的雙眼僵住了。那緊張表情之美麗令青年驚艷不已。

「打擾了。」

他又說一次。

少女緊咬著唇，之後稍微張口。露出松鼠似的白牙。還是沒回答。

「我是從東京來的。」

「請問有什麼事？」

少女用唸課本那種流暢爽利的朗讀口吻說。這種努力得可悲的朗讀口吻，我們經常會在女校的窗口聽到。

「如果方便的話請收留我過夜。我是Q大學的學生。」

他俐落地摘下制服帽，用指尖頂著帽子旋轉。

「請等一下。現在大家都不在家，我要去問問。」

她穿著粗糙的葡萄紫毛衣，黃色裙子。那種配色令人想到野生水果。

2

她的父親是造紙公司的基層勞工，此外在狩獵季也很熱衷打獵，至於造紙公司的工作，是在公司名下的樹林砍伐樹木。換言之，是伐木工人。

少女出門去找父親。穿著紅鞋帶的木屐。手腳白皙修長，有種說不出的優雅。毅曾經聽說愛奴女人也開始模仿這年頭的都市風格把頭髮燙捲，但這個少女並未如此。

他無話可說，默默與少女一起邁步。如果獨自留下來八成會被誤會是要闖空門。少女異常沉默寡言，如果不對她發話她絕對不會主動開口。少女的姓名和年齡都沒找到機會詢問，最後從河流上游楓紅如火的樹林中，傳來斧頭的鏗鏘聲。

「喂──」

少女把雙手攏在嘴邊喊父親。這聲音讓毅嚇了一跳。簡直像是叱吒三軍的呼聲。

走出來的父親滿面鬍鬚看似剽悍。看毅的眼神充滿懷疑，閃爍著不馴的野獸那種夾雜恐懼與威嚇的光芒。微微帶點藍色的眼眸，深陷的眼窩，挺直的鼻樑，五官頗有北方民族晦暗的威嚴。是典型的愛奴臉孔。這樣的男人竟能生出那麼美的女兒，令毅深感不可思議。

聽了女兒的說明，父親笑咪咪。

「你是學生啊。」

「對，沒錯。」

「你要打獵啊。」

「對。」

「住下來吧。住下來吧。我會多講些有趣的故事給你聽。」

父親已經做完工作了，說要直接返家，在河邊仔細清洗斧頭。新鮮的黃色木屑和木渣，在清澈的水中冒出細微的泡沫隨即沉落。少女摸著毅的獵槍說，

「這是好槍。對吧，爸爸，這把槍不錯吧。」

少女轉頭對著父親，顯然只是對父親說這句話，但這快活的說話態度，分明流露對毅的好感。

「我到現在用的還是村田槍[1]。」

他在回程的路上也頻頻讚美毅的槍，像撫摸女人手臂般愛憐地撫摸槍身。

1 村田槍，日本陸軍的軍火專家村田經芳於明治時代開發的國產槍，後來也泛指民間模仿軍用村田槍製造的霰彈槍。

兩人回到家一看，上小學的妹妹以及去村公所幫忙的姊姊早已返家。去千歲街上買東西的母親也回來了。

父親介紹姊姊。現年十九歲的信子是個高大的女孩。也介紹了妹妹。妹妹十二歲，叫做松子。剛才那個美少女十六歲，叫做秋子。

親切爽朗的一家人，收到毅贈送的燒酒和糕點非常高興，毅從父親喝酒的樣子，看出真正愛酒的人臉上，就像春天來到山野，逐漸溫和地瀰漫醉意。可是怎麼看都覺得秋子不像是這個家的一分子。他的目光動輒停留在她臉上。

「秋子總是被男人盯著看，真好。」

姊姊用絲毫不帶嫉妒的天真語氣說，大家聽了都笑了。毅感到有點錯愕。

那晚非常冷，在地爐旁，愛奴人談起熊有說不盡的故事。

「熊會在秋天接近人類的村落。」做父親的說。「熊最愛吃的，是溪蟹、鮭魚、蘋果、玉米、馬鈴薯、山葡萄。某晚，村裡的年輕人去別人家的田裡偷玉米，卻聽到田裡傳來『喀崩，喀崩』的聲音。這是折斷玉米的聲音。四下一片漆黑看不清楚，不過會幹這種事的，八成是自己的好哥們。於是他想偷偷接近嚇唬對方，大喊一聲『小偷』跳出來。沒想到眼前竟是一隻熊。年輕人抱頭就逃走了。」

隔天毅跟著這家的父親去河畔的伐木林，父親察覺他的異樣沉默後說道，

「你好像有心事。是為了秋子吧。」

他慌忙否認，父親豪邁大笑，笑聲在林間迴響。

「被我說中了吧。不過偷偷告訴你吧。秋子其實不是我的女兒。她是和人的女兒。我們是比天照大神更古老的神明子孫。那女孩跟你一樣，都是天照大神的子孫。」

第六章　草帽

1

「和人是什麼意思？」

夏子在草地上伸長雙腿併攏，捉著爬到腿上的螞蟻如此問道。

天空逐漸陰霾。雲層不知不覺增加了，夏子的臉上平添蛋白石般的朦朧色彩。彷彿用淡墨一筆刷過的鬢角碎髮，似乎為那臉頰的明媚籠罩一抹靜謐的憂愁，青年不時偷瞄的眼中，就像汽車的油表指針顫動著指向數字時，那樣出現微微的動搖，若就夏子的美貌而言這是理所當然。這個非常老奸巨猾的處女，透過無數實例已經很清楚自己採取哪種態度時，男人會出現哪種反應。

「和人，就是指內地人。」

青年隨口說出的話，不再像之前那樣用敬語。他還來不及改口重說，夏子已像平時對待那些男性朋友那樣，搖晃著青年的膝頭說，

「這樣最好！我喜歡這樣！別再用什麼敬語了，就用常語說話！」

青年很難為情，粗魯地拽手邊的雜草。這時函館港防波堤大門的紅色燈塔後方，一艘看似美國船的白色貨輪進港了。港口似乎無風，海面蔚藍，靜如止水。微暗的海面那種平靜，甚至令人感到靜得錚然有聲。

「然後呢？」

夏子催他繼續說。

「然後，就是我聽到的那個女孩的身世故事。」

青年接著說道。

2

十五年前，這個老爹——好像還沒說過名字是吧，他叫做大牛田十藏這個奇特的名字。於是尷尬的是，十六歲的秋子芳名也成了大牛田秋子——這個大牛田十藏，曾經收留陌生的路過女子過夜。無論過去或現在，只要看對方順眼，他就會爽快地收留對方過夜。

那時是五月。山野間的積雪已開始消融，但是面北的斜坡還殘留兩三尺積雪。河裡勉強有水流動。日照充足的向南土地，泥土已開始呈現新鮮的肉色，四處也有青草探頭。

不穿雪靴也能走的路面硬雪，溶解的速度雖慢，但那一兩尺的路面高度，可以看出一天比一天幾乎以無形的速度漸漸低矮下去。

從春天的彼岸[1]到最近，是熊還在洞內的安全獵季。等到五月過了中旬，野草長高後，出洞的熊被草叢遮掩就很難發現了。

這年的獵季，十藏捕獲一隻將近二百公斤的大熊。卻也因此痛失愛犬。

雪深的時候，十藏一直在熬夜趕工製作村田槍的子彈。春天來臨。但那是曆法上的春天。熊從夏天到秋天都在儲存養分，初冬進洞冬眠時肚皮的脂肪厚度近五寸，可是春天剛出洞的熊，脂肪已經完全消失，肚子是扁的。

十藏那年首次捕獲的熊，算是打兔子的副產物。當時他帶的狗在雪地駐足，突然伸長鼻子。一下子去聞樹下的陰影，一下子把鼻子對著東西南北，似乎要尋找氣味的方向。熊的洞穴有獨特的氣味。如果在下風處，就算遠在三百公尺以外，狗也能聞到味道。

十藏撥開樹枝走進陰暗的林蔭道。積雪壓得樹枝彎曲，糾纏在一起很難走。每次撥開其中一根樹枝，就會有驚人的大量積雪砰然掉落。俯瞰山崖積雪的斜坡上，似乎有洞穴。狗在崖上停下腳步，開始尖聲吠叫，吠聲在雪的寂靜中迴響。

「是熊。」

十藏立刻醒悟。

1 彼岸，以春分和秋分日為準，前後為期一週的時期。日本人會在這時掃墓。

他讓狗守在那裡，自己連忙返家，帶上所有的子彈回到崖上。

十藏說，

「我帶著狗想走下通往山艾子（愛奴人如此稱呼山崖）下方的路，結果一不小心從山艾子滑落。滑下去後我立刻起身，只見眼前有個漆黑的洞穴張著大口。我朝洞中開槍。裡面響起驚人的咆哮聲，隨即恢復安靜。狗以為開槍之後獵物就死了。於是我的狗勇敢衝入洞中。結果洞內傳來狗的哀號。狗被負傷的熊給拍死了。後來我朝洞中繼續發射更多子彈，終於解決了熊。」

這個故事還有段有趣的下文。

當時有個外國狩獵家正好來到千歲，聽說此事後，特地去找十藏要求要看熊。過了幾天，札幌某家百貨公司三樓的窗口，一隻人手突然掉落在來往行人的頭上，掀起一陣大亂。原來是這個喜歡惡作劇的外國人，從三樓窗口扔下一隻剝了皮的熊掌。那是他纏著十藏討來的，熊掌剝皮之後和人手一模一樣。

愛奴人一旦炫耀起獵熊就沒完沒了，青年連忙催他繼續說秋子的事。否則，如果這時候秋子又出現了，話題說不定得被迫中斷。

……話說，當時是五月。

十藏已開始每年春天的造林工作。像今天一樣背上綁著樹苗和鐮子，身上掛著飯盒和水壺。天氣非常晴朗，他痛快地工作了一整天。要回家時，沒有走平時常走的路，而是沿著河邊悠哉漫步。夕陽照耀，河中還漂浮碎冰，隨水漂蕩時也閃爍璀璨的紅光。

上方的道路忽然響起汽車駛來的聲音。當時千歲才剛揮別油燈生活沒幾年，很少看到汽車，所以十藏覺得很詭異，當下駐足豎起耳朵。停車的聲音傳來，引擎嗡嗡作響。

一陣激烈的爭吵聲。接著傳來女人的哭叫聲，隨即已響起汽車車門粗暴關上的聲音，車子似乎開走了。

十藏心想八成不是什麼好事。但他還是有點按捺不住好奇心，於是穿過茂密的常綠樹下方，從斜坡往道路走上去。上去一看他嚇了一跳。只見一個穿洋裝的女人，似乎是追著車子跑了一段路，就在比剛才停車之處更前方的硬雪路面癱坐著抽泣。

走近一看，哭聲不只是來自女人。暮色昏黃的路上，穿著華貴的駝色大衣癱坐地上的女人懷裡，還抱著一個小嬰兒，嬰兒也正放聲大哭。

十藏走過去，把手放在女人肩上。女人似乎這才醒覺，抬起頭後，又被十藏的外表嚇到，說道，

「至少請你放過這孩子。」

「真是的。我可不是壞人。」

十藏伸出熊一樣的手指，撫摸嬰兒的小下巴，神奇的是，嬰兒竟然停止哭泣開始笑咪咪。女人看了似乎安心了。

「對不起。請問你是哪裡人？」

「我是這附近蘭越古潭的人。」

女人神色恍惚地站起來。

「能否告訴我哪裡有旅館。繼續待在這裡會凍死。」

十藏這才頭一次正視女人的臉孔。他從未見過如此高貴美麗的人。大衣的領子綴有毛皮宛如皇后，修長美麗的雙腿呈現暗褐色，對於從來不知絲襪這種東西的

十藏來說，雙腿有這種膚色的，肯定不是人類。

「沒有旅館但是有住家。」

十藏說。

「倒是妳，這是怎麼搞的？」

「我被丟下車了。」

「為什麼？」

貴婦沒有回答。她的臉龐被淚水沾濕，似乎閃閃發亮，在薄暮殘雪的反光中，彷彿異樣神聖。

十藏率先邁步。跟在身後的女人穿著橡膠雨鞋，幾乎聽不見腳步聲。十藏屢屢覺得身後的女人突然消失，忍不住回頭看，但她抱著沉睡的嬰兒始終保持同樣的距離跟在後面。

已經點亮油燈的蘭越古潭終於遙遙在望。油燈彷彿在安靜呼吸，骯髒的玻璃窗忽明忽暗不停眨眼。

「就是那棟房子。」

十藏指向其中一戶。

這時到處都有獵犬開始吠叫……

3

「那個小嬰兒就是秋子吧？」

夏子問。

「對。沒想到當晚收留的貴婦一夜之間就消失了。」

「天啊。」夏子再次感到渾身發冷，「那個女人是鬼嗎？」

「如果真是那樣就好玩了。因為會變成我和女鬼的女兒談戀愛的故事。」

「你這人好像和異類特別有緣。女鬼之後肯定是尼姑。」

青年正眼凝視夏子笑了出來。

「瞧，這次可是妳自己說的。」

夏子微微臉紅。

「哎喲，我說的尼姑又不是指我自己。」

少女特有的這種拙劣辯解，和夏子非常相稱。她的眼神半帶淘氣半帶羞澀地盈滿水光。

港口那邊響起正午的警報聲。

「中午了。」——夏子無意義地說。

青年沒有回話。定睛一看，只見他正用俐落的手勢對時，將手錶調到正午的時間。

「無聊了？肚子餓了吧？」

上完發條，他湊近凝視夏子的雙眼說。被那雙眼睛盯著，她感到自己的身體變得柔軟。

「不會。」

「那我繼續說故事吧。」——說著，青年又轉過頭，「會不會冷？」

狂風以同樣的強度不斷吹散雲朵。

「不會，你快說後來怎樣了。那個貴婦到底是誰？」夏子問。

「十藏當下連忙去報警，警察也立刻向各方查詢，尋找失蹤的貴婦。可是完全沒打聽到下落。也沒人見過那輛傍晚行經千歲的汽車。大家都覺得很不可思議，最後甚至有人說那是十藏捏造的故事，也有人觀察得更仔細，甚至傳出謠言，說那是十藏與和人女子生了孩子，可是他老婆反對收養小孩，所以十藏才想出那種假話。十藏這下子面子都丟盡了。」

「然後呢？就這樣不了了之？」

「不，過了一星期左右，距離千歲超過十哩的山中，有人發現墜落崖下的汽車。駕駛座的男女疊在一起死掉了。十藏被叫去認屍。汽車的確就是他上次看到的那輛。女死者也的確是那個貴婦。」

「天啊。」

「這起事件，我沒聽說過，但是據說當時連東京的報紙都曾報導，新聞鬧得很大。男方是札幌有錢人家的獨生子，事業失敗破產了。至於女方，根據男方的朋友表示，她每個月會從東京過來一趟見那男人，好像連朋友也沒聽說過她的來歷。至今都不知道女人的身分。也有人說，她可能是貴族的女兒，不願家族和家名受辱所以才不肯表明姓名。」

「可是，她是怎麼追上那輛已經開走的汽車呢？」

「比較可信的推測是這樣的。男人企圖殉情，剩下唯一的財產就是那輛車，他打算開車找個地方一路飛奔衝下山崖。女人也贊成。可是，到了真要實行的時候，或許女人不願意了，也可能是男人心生憐憫，於是中途硬生生讓女人下車。可是，男人又覺得獨自尋死太寂寞，於是夜裡開車折返部落那條路。女人耳尖地聽見車聲，丟下孩子，自己和男人共赴黃泉……」

「這故事太離奇了。我最喜歡這種故事。我也想這麼做做看。」

和離開東京時相比，夏子現在的眼神更加靈動有神。對人生的那種孩童般的好奇心復甦了。她本以為自己早已失去那個。青年假裝沒聽見她的評語，繼續往下說。

4

……十藏說完後，看著毅，欲言又止地陷入沉默。溫暖的陽光照在額頭上，深邃的眼窩形成陰影，眉毛以下好似黝黑的洞穴。

「剛才說的事，」青年自認非常會察言觀色，「我不會告訴任何人。請放心。」

「不不不。這是人盡皆知的事。就連秋子自己也早已聽說。她是個堅強的孩子，不會被那種事打敗。她自己都說把我們當成親生父母一點也不勉強。那孩子的性格中大概沒有任何負面陰影吧。她一定會健康長大，成為北海道第一美人。」

附近山葡萄的葉子突然動了。那是松鼠。

青年剛聽到的故事帶來的感動尚未平息，坐在樹墩上，凝眸目送松鼠遠去。

「放心吧。那孩子以往看到男人都是白眼相向。好像只有對你特別不一樣。果然和人的心還是屬於和人。」

——後來毅在對方的盛情邀請下待了一星期。

他與秋子一天比一天親密，傍晚的餐桌上，一家人還會善意地調侃小倆口。性急的姊姊甚至已和秋子拉手指打勾，要求秋子如果和毅一起去了東京，一定要邀請姊姊去玩。

和秋子單獨沿著千歲川往上游漫步時，在庫頁冷杉和魚鱗雲杉的林間，秋子會突然躲起來。一不留神就消失得不見蹤影。

青年起初開玩笑假意怒吼，但是等到他喊「喂——」的叫聲開始認真時，不知從哪傳來清亮的小鳥叫聲。秋子很會模仿鳥叫。

青年鬆了一口氣，驀然朝河面一看，只見岩石之間沉積的陰暗河水，映出巨大的榆樹背後縮著身子動也不動的黃毛衣。

青年追過去，終於要抓到人時，手指不小心用力碰到少女胸前的柔軟。當他順勢想抱住秋子時，她並未抗拒。但這個十六歲的少女，實在太純真，看起來也像是完全沒有察覺危險。少女將他的手指一根根剝離自己的身體，

「一根，二根……」她逐一細數。

「太好了。五根俱全。聽說吃人的熊只有四根腳趾。」

「那我算是很安分的熊了。」

「我很喜歡熊喔。家裡以前還養過小熊。後來送給動物園了。」

「秋子，妳要不要去看東京的動物園？」

「別小看我。我可不是那種小朋友。如果去東京，我想先去搭乘地下鐵。」

兩人在河邊看小螃蟹活動。毅逞強，非說自己能夠徒手抓到更大的螃蟹。秋子笑著拍手叫他試試。結果毅被他沒放在眼裡的螃蟹鉗子狠狠夾傷手指，血滴如小顆枸杞在青年的指尖凝結。

「這樣就能療傷。」

野性的少女毫不驚慌，把毅的手指放進自己嘴裡吸血。然後仔細舔舐傷口。毅覺得就像被可愛的小貓咪舔手指。

「過三年就和她結婚吧。明年來接她，讓她在東京住兩年和家人親近。媽那邊一定要設法說服。」

毅漸漸開始暗自盤算這種事。起初只是一時興起，想個五分鐘，後來是三十分鐘，最後到了明天非得回去不可的前一晚，已經整晚都只有這個念頭了。

「我一定會再來，很快就來。」

臨別之際，他握著秋子在姊妹之中最小最白的手說。秋子哭了。而且那不是打從心底悲傷，似乎也有一心認定道別時就該哭的柔弱心態，那反而讓她更可愛。

他揮手道別。一家人並排站在蘭越古潭的橋邊目送他。那時暮秋爽朗的卷積雲，布滿古潭的上空。

毅收到可怕的來信，是在他回到東京大約十天後。信子拙劣的筆跡寫的內容很簡短：

「大事不好。秋子被熊殺死了。昨天我們三人去山上摘日蔭草，突然出現食人熊。我們拼命逃跑，可是秋子不知怎麼搞的爬到葡萄藤上。事後回去一看，秋子已經不在那裡了。

只有秋子的草帽，掉落在開滿龍膽花的草叢中。」

第七章　溫柔的助手

1

「你說的仇人，就是那隻熊吧？」

「是的。不過就連知名的狩獵家都對付不了那隻熊。當時立刻召集了十二名獵友會成員，四處追蹤了兩個星期，可惜毫無斬獲。這十二人都是特別挑選的高手，但那隻熊逃跑的本領厲害得可怕，已經脫離一般熊的習性了。在愛奴人之間，現在好像已經出現神祕的傳言。據說會吃人的熊，通常只有四根腳趾。人們深信這種熊是惡靈的化身，擄走和人姑娘的那隻熊，腳印也只有四根腳趾。所以據說絕對抓不到。不過如果是普通的惡靈，想必也不會用那麼殘酷的虐殺方式。」

「殘酷的虐殺方式？」

「手腳四分五裂……算了，還是別說那個了。」

青年的眉宇籠罩陰霾，直勾勾看著這個盈滿日光的廢墟泳池中，石板之間尖銳挺立的薊草葉子。這時從兩人剛才走來的路上，出現一對手牽手的情侶，對方似乎發現這邊的二人，倏然停下腳步。男的穿白襯衫。女的穿白色套裝。在夏日豔陽下，衣服耀眼地反光，所以看不清臉孔。驀然看到這一幕的夏子，由於對方穿著和自己這邊完全一樣的服裝，甚至產生照鏡子的錯覺。這時對面的二人似乎對夏子兩人有所顧忌，又躲回來時路了。被人瞎猜疑的夏子和井田，面面相覷朗聲大笑。

「現在雖然能這樣笑出來，」青年繼續說，「可是當時，我受到非常嚴重的打擊，有段時間一直失魂落魄。去年春天大學畢業後，因為之前就已安排好，我進入亡父的倉儲公司上班，可我還是無法死心，到了秋天，我請了一週的假，來到北海道。無論如何我都想殺死那隻熊報仇。也請求獵友會的人協助，可是大家都勸我還是趁早死心。後來假期也過了，我不得不回到東京。

『明年——』我心想。『明年我一定不再指望別人幫忙，我要一個人幹掉牠。』

到了今年，我一天不少地上班，忙碌的時候連星期天也得工作。因為我希望秋天狩獵季時，能夠盡量請假久一點，我打算把一年內能請的假，百分之百用在今年的復仇。

梅雨期間，在札幌的地方報社《札幌時報》當記者的老同學，傳來一個小道消息。北海道沒有梅雨。今年六月初，他來信說那隻熊疑似在某牧場出現，死了二匹馬。若是那隻熊，和普通的熊不同。根本不能根據獵季判斷，我立刻去找上司談話。

『部長，能否准我兩星期的假？』

『既然是按照規定請假，當然沒什麼不可以，但你似乎有什麼隱情。不妨說說看。』

『是，北海道那邊有點私事。等我回來，再向您詳細報告。』

『是這個吧？』

部長拿起眼前的紅色鉛筆，閉上一隻眼，比劃出開槍的動作。

『是。』

『這玩意好像是你的心病所以沒辦法。就像我的賭馬狂，人力難以挽救。不過你為此在今年上半年一天也沒缺班，真是令人傻眼的狂熱啊。好吧。你去吧。』

我正要步伐輕快地走出辦公室時，部長又喊了一聲『井田』叫住我，好心地說：

『規定是兩週，但在北海道的話夏天也可能感冒，所以你可以再多休養個一週或十天。』

於是我就來了。也沒對我媽詳細交代，一手拿著獵槍，看起來像是要去打野鴨……

今天就是我這趟行程的第一天。啊啊，今天一整天在函館充分養精蓄銳了。」

他伸了一個大懶腰。看似健康的胸膛，在白襯衫內劇烈起伏。

「好了，該回去了。回到市區，一起吃午餐吧。這也算是緣分，我請客。」

2

夏子沒有起身。不知幾時，她把手肘架在屈起的雙膝上，像沉思的雕像那樣動也不動。裙子邊緣稍微露出膚色雪白的膝蓋（說不定，那雪白的小膝蓋，也正在沉思）她卻似乎毫無所覺。托腮的手掌，令她的臉頰奇妙地扭曲像個小孩。——此刻夏子正在下決心。

「好了，該走了吧。」

青年再次催促。

夏子熊熊燃燒的目光，認真地仰望青年說，

「請你帶我一起去。」

「我就是要帶妳去啊。快去吃午餐吧。我已經餓扁了。」

「請你帶我一起去。我不在乎，請帶我去你去的所有地方。」

「可是就算今天一整天繞著函館四處轉，也很無趣喔。」

「不。」夏子終於找回微笑。「不只是今天一天。我甚至可以放棄進入修道院。」

青年似乎愣了一下，凝視夏子。

「妳說什麼？」

「我想陪你去報仇。可以吧？無論你去哪我都要跟著你。只要是我能做的，我什麼都願意做。我會煮飯，也會做蛋包飯。就連單手拿著平底鍋給漢堡排騰空翻面我都會。」

「就算會那種東西，獵熊時也派不上用場。」

「沒關係。如果實在不行，明天我不去修道院了，我要吃安眠藥。我以前也吃過，所以不怕。」

青年有點懷疑這個美少女的腦子是否正常，但當他漸漸明白夏子的認真後，不由後悔自己太輕率，不該說出那種會刺激多愁善感的小姑娘心靈的故事。如果這樣放任不管，她恐怕真的會跟來。青年以成年人的想法，思考有什麼方法可以得體地甩開這個包袱。

夏子擺出促膝談判的架勢，盯著他的臉目不轉睛。追逐這個青年的腳步，那才是追逐真正的熱情。

「我已經下定決心了。不管怎樣你都要帶我去。我這人，從小只要說出口的決定誰也改變不了。難不成……」——她欲言又止，有點臉紅。「……難不成，你覺得自己沒資格帶我走？那沒問題，只要變成有資格就行了。」

這種處女的大膽，如果碰上對方是個不解世事的青年，或許會招致天大的誤會，但她穿著短袖套裝的手臂，突然快如白色閃電地伸出，纏繞青年的脖子。臉孔湊近，青年可以看見，正上方的陽光，令她的睫毛在緊閉的眼皮底下落下鮮明的影子。也不知是哪一方的嘴唇先靠近。總之二人都在短暫的一兩秒之間，聞到對方熾熱芬芳如夏草的呼氣。

身體分開後，井田瞪大雙眼，

「真是個嚇人的姑娘。」

「這樣總行了吧。帶我去嘛。」

「好好好。我帶妳去。明早要搭十點的火車出發，妳能在九點之前來我的旅館嗎？」

夏子聰穎地眨了一下眼。

「好，我一定到。打勾勾喔。在那之前我會先簡單說服我媽她們。」

兩人就像公司午休時間不小心跑太遠的男女職員，以衝得太快幾乎喘不過氣的步伐跑下函館山的下坡路。雲變多了，雲影在兩人的腳下移動，直到進入成排杉木的林蔭道為止，感覺就像是漫步在雲端。

搭乘市電車到松原町下車，青年帶夏子去松原町的某間餐廳，但是等待湯送上來時，夏子起身離席看似要去化妝室。

她下了樓，對呆站在牆邊的一名服務生招手。從美麗的小姐手裡突然拿到一百圓小費的少年，非常緊張，

「你現在去翻電話簿，幫我查一下榮町北榮館的電話號碼。然後，等北榮館的人接電話時，你只要說『我是《札幌時報》的人，請問井田毅先生什麼時候出發』就好。聽懂了嗎？」

「是，我知道了。札幌時報，井田毅，札幌時報，井田毅……」

穿著鬆垮制服的少年，口中喃喃重複著走進電話間。

夏子豎起耳朵傾聽。

「啊？今晚八點半的夜車出發？去札幌？好，我知道了。」

夏子又對少年擠擠眼，高高興興走上二樓。

湯已經有點冷了。井田老實等著她，並未先開動。

「瞧這人裝得一臉若無其事！肚子裡八成很想說，怎麼還不回來害得湯都冷了。」

這麼一想，她越發高興，笑得格外甜美地坐下後，拿起漿得過硬的餐巾，一邊說「哇，這餐巾簡直像魷魚乾」一邊鋪到膝上。

當晚，八點半的夜車三等車廂很空曠。入夜後果然很冷，因此井田毅豎起夾克的領子，把腿伸到對面的空位子上。若有所憾地落寞望著自己那雙長筒靴的粗獷模樣。

「別優柔寡斷了。背負那麼花枝招展的包袱怎麼得了。我已經不是會為童話興奮忘我的年紀了。」

然而，這個青年，忘記自己已經熱衷於另一個童話。

發車的鈴聲響起。忽然聽到溫柔的嗓音，毅從沉思中驚醒。

「這個位子有人坐嗎？」

他抬起頭，差點驚呼。拎著波士頓旅行袋，身穿藍色開襟外套和女款長褲的乘客，正是夏子。

來不及說話，火車已在一瞬間像要倒退般搖晃一下，開始啟動……

第八章　驚天霹靂

夏子說傍晚回來，沒想到意外提早回來了，因此祖母和姑姑和母親都很欣慰，吃完晚餐，到了大家要一起去洗澡時，夏子都已經到澡堂了卻忽然說，「哎呀，我忘記拿毛巾了。」又回房間去拿。

「哎喲，我的借給妳用不就得了。」

母親這麼說時，夏子已經不見人影。

「她果然很亢奮。一點也不像平時的夏子。」

祖母說。

「就是啊。真可憐。」

姑姑立刻附和。

三人走進正巧沒有其他浴客空蕩蕩的羅馬式大澡堂，過於露骨的明亮，令人感到很不自在。三人都沒怎麼講話。只有空水桶的聲音和熱水聲，久久在沾滿無數水蒸氣顆粒閃爍的圓形天花板迴響。

「夏子怎麼還沒來。」

祖母泡在熱水中說。

「一定馬上就來了。」

母親用有點焦躁的口吻說。

三人再次沉默。

「夏子動作也太慢了。」

祖母又說。

「就跟您說她馬上來。」

母親半帶怒氣說。

「這也犯不著生氣吧，光子。」

祖母真的生氣了。

只有姑姑一個人開始偷偷摸摸擦乾身體。她的動作非常慌張，叫人看了都生氣。

「我去看一下夏子。」

姑姑的聲音有點緊繃拔尖。姑姑離開後，祖母和母親在浴池中再度沉默，彼此都迴避注視對方。

忽然一陣凌亂的腳步聲傳來，澡堂的玻璃門被用力打開。姑姑大聲喊叫：

「不好了！不好了！夏子不見了！」

祖母和母親同時驚呼。是真的叫了出來。

旅館的其他客人，在走廊遇見這只能用傷風敗俗來形容的誇張隊伍不禁瞠目。那與其說是隊伍，不如說是疾風。只見穿浴衣的中年女人哭著跑過後，身上只圍了一塊布的老太婆和中年女人打著赤腳衝上二樓。走廊到處都留下濕腳印，後來經過的人，紛紛駐足歪頭納悶，滿臉好奇地看著。

房間桌上，留了一封信。簡單地這麼寫著，

媽媽，奶奶，姑姑：

我不想進修道院了。容我放假兩週。去向無法奉告。總之我一定會平安回來，請放心。如果去報警請求協尋，小心我又要吃安眠藥喔。如果相信我，就請安心等候。又及，我把錢拿走了。妳們再讓人從東京匯款過來就行了吧。

夏子

動作這麼快，可見一定是預謀已久。信大概也是老早就寫好的。行李想必也事先打包好了。至於錢……

「唉，最窩囊的，就是那個夏子，拿走自己的衣服也就算了，居然像不良少年一樣偷家長的錢離家出走，真是丟人。不過，她既然拿了錢，至少可以確定不是去自殺……」

母親這番歇斯底里的獨白，充滿了小資產階級的想法。

這時候如果有個男人在，想必可以做出比較機敏的處置。三人在旅館經理聽說消息趕來之前，只是束手無策地在房間像無頭蒼蠅般胡亂打轉，不時癱坐在房間角落。尤其是姑姑，從頭到尾只會哭哭啼啼。發現夏子失蹤後如果立刻去追人，說不定還能在附近攔下她，現在這樣等於是刻意給夏子製造遠走高飛的時間。

到了要打電話報警時，祖母率先反對。

「那孩子真的有可能再次吃安眠藥自殺。千萬不能隨便觸怒她。」

母親不知如何是好，遂打長途電話回東京。打去時是八點半，可是不巧碰上線路繁忙，直到夜裡十二點多才打緊急電話連絡上。

「喂？老爺。出大事了。夏子不想去修道院了，現在下落不明。她不想去就直說不想去就好了，我們又不會逼她去。」

「算了。算了。別管她。過兩天她就跟沒事的人一樣自己回來了。那是神的旨意。我也有那種預感。」

「那就算了。聽你的口氣好像失蹤的不是自己女兒似的。好啦，我知道了。我這邊自己找警察。」

「等一下。妳都不怕丟人現眼嗎？」

「是啊。怎麼辦。面子也很重要。況且那孩子還沒出嫁。」

電話講到一半，好似津輕海峽濤聲的雜音，令對方的聲音變得模糊。

「別囉唆了，總之妳們三人先回來東京吧。」

「我不要。我不會報警，但我們三人自己去找她。兩三週之內不會回去，每晚你就吃女傭做的菜將就一下吧。」

就在這樣鬧出騷動的早晨，一對輕快的男女走下抵達札幌的快車。青年肩上掛著獵槍，看似千金小姐的同伴悠哉地拎著波士頓旅行袋搖晃。因為輕盈得無事可做。

兩人為了振奮精神，在這個晴朗的上午，先去找站前大道的擦鞋匠擦鞋子。上午的陽光已經有點熱。札幌的擦鞋匠在夏天會提供陽傘。每家各有不同的傘，在擦鞋的期間，提供給曬太陽的顧客。鞋匠給夏子的是黑色洋傘，毅拿到的是褪色的紅傘。兩人面面相覷露出苦笑。交換傘後，夏子的臉孔，因為傘的顏色變得像紅色雛罌粟花。

「嗨。」

有人拍毅的肩膀，他回頭一看。

「啊，你來得正好。」

「這位是《札幌時報》的野口。」

毅將來人介紹給夏子。

第九章 不可靠的熱情家

1

「這位是《札幌時報》的野口。」

聽到毅的介紹，夏子轉頭一看，眼前站著一個身材略胖看似快活的青年。穿著開襟襯衫，沒戴帽子。

夏子和毅的鞋子還要一點時間才能擦完。因此，他們不得不忍受在一旁等待的野口，抱著雙臂興味盎然打量兩人的目光。

「你老婆很漂亮。」

野口突然用天生的高亢嗓音說。紅傘下的夏子，臉蛋頓時變得更紅了。

如果稍微注意聽，就會發現毅是用敬語對夏子說話，想必也不會輕率說出這種發言了，不過野口天生就是這種如果不立刻下斷語就不罷休的脾氣。

擦好鞋子，三人走進小街的咖啡店喝冰咖啡。從窗口看到的小街，完全打破了東京「小街」的概念。人跡稀少，空蕩蕩的，對面的成排房屋看起來又小又寒酸。地面也是泥土路。夏子想像那條路上被大雪覆滿的時候。感覺特別有殖民地的味道。令人想起「開拓」這個名詞。空曠的道路寬闊得像是空地，彷彿是遼闊原野的某一幕畫面。太陽下山後，那條人跡稀少的路，就像野地一樣陰暗。

夏子打聽了郵局的地點，留下二人自己去郵局，發電報給湯川的旅館。

「我現在人在札幌請安心，每到一處皆會發電報通知湯川，無需追蹤。夏子」

這個非常細心周到的任性姑娘，打算趁自己暫時離開，給毅一個解釋「老婆」問題的機會。

她悠哉地走在明亮的夏日街頭。鞋子發亮。手上也沒有行李。正好從辦公大樓街走來，所以等於和上班的上班族們逆行。成群的白色夏季襯衫及公事包，和東京毫無分別。對面大型商店的鐵捲門此刻正逐漸升起。櫥窗下端從鐵捲門下開始明亮地反射光芒。夏子瞇起眼看著那個。可以看見寬幅的藍色布料起伏……

「真無聊。這裡也有一群追逐流行過日子的人。」

——回到咖啡店，野口正無所事事地獨自抽菸。

「我回來了。井田先生呢？」

「他去上廁所。」

夏子撇嘴笑了。

「上廁所還帶行李？」

放在椅子上的只有夏子的旅行包。

「不是，這個……」

野口攔住作勢要離開的夏子，結結巴巴地說：

「那個，我，我有幾句話要說。請妳冷靜，小姐……。他是真的很擔心妳。因為他是個責任感很強的男人。他說，對妳的家人感到抱歉。基本上本來就不可能帶妳一起去獵熊。他說回到東京之後會好好跟妳聯絡。我，我現在，要負責把妳送回函館。可以吧。」

碰上這種緊急狀況，夏子有個超乎年齡的特色，那就是她會立刻冷靜下來。她啜飲剛才沒喝完的咖啡。從火柴盒取出三根火柴，放在濕掉的桌上，排成一個平凡無奇的三角形。夏子實在太坦然地保持沉默，野口本來已有心理準備要迎接一場東京製造的歇斯底里大餐，這下子反而錯愕地扭扭捏捏。

「這人在不可靠之處反而特別可靠呢。搞不懂。沒見過這種人。」

最後夏子自言自語似地說。然後凝視野口，笑著說，

「我才不要回什麼函館。」

「啊？」

「他離開札幌之前，應該會再跟你好好聯絡一次。這麼短的時間，他不可能把事情都交代完畢。從我出去發電報到我回來，正好十五分鐘。他光是跟你解釋怎麼認識我、怎麼處置我，十五分鐘就要去掉十分鐘了。況且，想到我不知什麼時

候就會回來，你們想必也無法安心說話吧。根本來不及討論獵熊的行程。好吧。那我接下來不管要多少天都不會離開你，我一定要抓住他。」

「這真是太意外了。」

如果是普通的女孩子，早就不顧一切地哭出來了。野口被她罕見的女中豪傑的氣勢嚇得目瞪口呆，頭一次認真覺得這樣的女孩子或許真的能幹掉一兩頭熊。

「反正你今天應該也沒有工作行程吧。」

「為了朋友，只好兩肋插刀。」

「如果我哭鬧不休，你被迫把我送到函館，那你本來是打算翹班整整兩天？」

「就算這樣我也有自信不會被《札幌時報》開除。這個時節，夏日炎炎百業蕭條，沒有任何地方新聞。頂多只有瘋子爬上防火瞭望台不下來，或是熊在小鎮出現茫然看著火車，再不就是舉辦什麼馬鈴薯評鑑會之類的新聞，每天只要設法把版面填滿就行了。」

「你這人還真是沒有熱情。」

聽不懂她在說什麼的野口，再次面露錯愕。

「總之今天一整天我都會跟著你。要不要去看場電影？」

夏子說。

2

兩人在狸小路閒逛，看看電影，吃點簡單的東西，期間野口一直在哼歌，夏子覺得很好笑。他顯然很愉快。野口從一開始就替夏子拎旅行包，而且很高興有榮幸拎包，興奮得用力甩，夏子有點傻眼。

「裡面裝了易碎物品。要小心拿。」

「易碎物品是什麼？」

「這種事，不能告訴你。」

夏子很擅長吊胃口。

電影是二流的西部片。狸小路有兩三家電影院，夏子從中選了這一家。因為她熱愛西部片。她瞇起眼，聽著槍聲。忽然戳戳坐在身旁神情呆滯無聊地注視螢幕

的野口，說道，

「看那邊，現在超厲害。千萬不能錯過。」

野口看起來無聊，換言之，是因為他很幸福。

兩人在街頭徘徊到暮色昏黃。已經沒東西可以參觀了。因為野口趁著還有陽光時，帶她逛遍了榆樹林蔭美麗的植物園、明治十四年美國人畢飽德帶來時鐘後建造的知名鐘樓、一彎小河流過的北海道大學校園、白楊林蔭道、Boys be ambitious紀念碑[1]、明治時代已快腐朽的木造建築教室等等知名景點，而且還用比巴士導遊小姐更高亢的聲音介紹歷史典故。

夕陽很美，在華燈初上的街燈上方，勾勒出淺紅色潑墨似的徐緩圖案。夏子在幻想中聽見祈禱鐘聲。照理說，這時候，她原本應該在修道院內了。天堂之美，俗世之美，看著這美麗的晚霞，令人感到那種差別似乎也只是夢幻泡影。

入夜了。不安的夏子變得很文靜。看著市內電車來往穿梭，她感到一種旅愁。

1 Boys be ambitious紀念碑，北大首任校長克拉克博士離開北海道時，對送行的學生說出這句勉勵之詞「少年當胸懷大志」，至今仍是北大校訓。昭和二十五年於該地建立紀念碑。

啊，此時此地要是毅也在該多好！

兩人又看了另一齣無聊的電影打發時間，到了晚上該找地方睡覺時，野口格外用心避嫌，主動提出要替她安排旅館，但她一心只想見毅，對野口這種提議，也懷疑是要把她支開，因此堅持非要跟去野口的公寓。

「可是我家很亂，況且妳這樣的未婚小姐，怎能去一個大男人的住處。」

「你為什麼非要阻撓我。真奇怪。」

夏子說著，也陷入不安，一手握住自己纖細的手腕。入夜之後天氣變得很冷，所以手腕冰冷。

「此人雖然看似純真無害，但這說不定反而是陷阱。他一臉好心說要替我安排旅館，也許只是裝模作樣。說不定他根本就希望我起疑心，主動跟他去公寓。」

已經快十一點了。夏子從不安轉為幾分惱怒，一口咬定非要去公寓。

野口沒辦法，只好帶她去北海道大學前的小公寓。兩人脫了鞋，放進鞋櫃。樓梯口有窗戶。從那裡可以看見札幌車站的燈光。

野口的房間，只是榻榻米上放了書桌、矮桌和書箱的三坪陋室。為了掩飾室內那種冷清單調，牆上煞有介事地將美術雜誌複印的畢卡索等人的名畫裱框用來裝飾，反而加深了寂寥。似乎是獨居生活養成的習慣，只見他像個賢內助一樣踩著小碎步在屋裡跑來跑去，忙著取出坐墊和杯子還有減價供應的餅乾招待她。

夏子快哭了，問道：

「難道井田先生已經不在札幌了嗎？」

這時札幌車站的汽笛哀愁地響起，還夾雜著彷彿洩氣的蒸氣聲。

「不，呃，沒事。」

野口不知怎的，不敢正眼看她。他說變冷了，自己慌忙把毛衣從頭往身上一套，也借了一件風衣給夏子。

他拿來啄木的詩歌集，故意精神抖擻地往矮桌上一放，像家庭教師一樣規矩坐下翻開書。出聲朗讀了兩三首。

「不錯吧。我很喜歡。妳討厭啄木嗎？」

「我不太懂。」

夏子說完，覺得這樣不太客氣，又像要添加注釋似地笑了一下。

野口的視線固定在書本上說，

「我就老實說吧。妳的直覺實在令我咋舌。他預計會在十一點半時過來。如果妳乖乖去函館，我就會回到這裡等他，萬不得已必須一路護送妳過去時，我會在這個房間留字條給他。結果我哪一樣都沒做到。他一定覺得我是個沒用的朋友。沒辦法。人本來就不可能完全照計畫行動。……還有十分鐘，距離十一點半還有十分鐘……（他像游泳比賽的播報員一樣亢奮）……我就趁這時候直說吧。因為，呃，我喜歡妳。不，是今天一整天下來，讓我喜歡上妳。」

他頹唐地深深垂頭，握拳粗魯地敲打後頸。他的愛意似乎蘊藏在那裡。

夏子欣喜若狂，她已經忘記眼前這個笨拙的青年正迷戀著自己。她隨即取出粉餅盒仔細補妝。

「我也喜歡你喔。我把你當成好朋友。」

她只肯說出這種老套的臺詞。

那十分鐘感覺多麼漫長啊。

敲門聲響起。毅走進來了。夏子起身，毅在門口愣住了。

「妳怎麼會在這裡。」

他驚訝的表情移向室內，移到默默垂頭的野口年紀輕輕就早禿的額頭。青年的神情突然僵硬。

察覺毅的誤解，夏子當下感到一定要把誤會解釋清楚。

「是我纏著野口先生非要跟來的。因為我覺得一定能夠見到你。野口先生毫無過錯。」

這樣的辯護，只讓毅的神情更加僵硬。

「是真的。坐下來慢慢說吧。」野口說。

「知道了……算了。明天早上，你能來我的旅館一趟嗎？就算要商量打獵的事，我現在也靜不下心來。」

毅立刻釋懷如此表示的語氣，有種男子漢大丈夫提得起放得下的氣魄，但是直到跟在他後面默默離開的夏子抵達毅的旅館為止，毅始終不發一語。

「這個人吃醋了。」

這麼一想，夏子感到難以按捺的喜悅。她深呼吸，仰望美麗的星空。再次在心中如此呢喃，確認這種幸福。

「這個人吃醋了！」

第十章 狩獵之旅的第一天

當晚，讀者諸君猜測的那種糾葛，不知是幸或不幸，並未發生。毅徹底投降，夏子贏了。

毅決定在公寓附近的小賓館暫住一晚。在那裡，當這個深夜和男客連袂出現的美女，說出要多開一個房間時，睡眼惺忪的賓館經理不禁揉眼。

夏子連毅的房間鑰匙也一並保管，為了不讓這個逃得特別快的青年再次溜走，她從房間外面鎖上門，自己去別的房間呼呼大睡。野口一早就來了，這時夏子才打開毅的房間。年輕的囚犯，連窗簾也沒關閉，臉孔沐浴在晨光中，發出健康強壯的鼾聲。晨光照亮豎立在枕畔的獵槍皮套，和這種破賓館很不搭調的聖潔光芒，霎時充斥室內。牆上掛著西洋名畫的複製品，畫中的裸婦，擺出窺探陰暗林蔭中一泓泉水的姿勢，定定俯視穀的睡顏，令夏子不由嫉妒。

三人坐在早餐桌前，無拘無束地說話。說到變化，大概就是夏子已經明確加入了這次獵熊計畫的商談。

他們要去的牧場，以支笏湖為中心點，正好位於蘭越古潭的對面。兩人拿著野口開的介紹信從札幌車站出發，前往牧場附近的白老車站，來車站送行的野口，像是親人的小動物般露出水汪汪的眼神，把手伸進車窗說，

「夏子小姐，我們握個手吧。」

夏子和他握手後，手心留下某個小東西。火車啟動了。野口活潑地揮舞雙手彷彿在打旗語，他送行的身影越來越小。

「他給妳什麼了？」

「臨別禮物。」

夏子攤開手心給他看。是用象牙雕刻約莫小指指尖大的熊。

「這是很好的回憶。」

夏子把那隻熊掛在胸前。

「什麼回憶？」
「像這隻熊一樣，一點也不可怕的回憶。」
夏子說。此刻她的心中充滿對野口的憐憫與懷念。
因為她在想，「如果是都市青年，絕對不會送這種臨別禮物。」
在白老下車後，兩人沿著通往牧場的徐緩坡道，向上走了兩公里多。周圍整片都是蕭瑟扭曲的灌木生長的草原。終於看到W牧場的原木門柱劃過藍天一角，眼中映現的風景突然變得青翠。那是因為牧草越過牧場柵欄在周遭長得太茂密。
走進宛如外國圖畫會有的那種不規則的素樸木柵欄內，一陣清亮的蹄聲接近。右邊的圓型馬場一角，騎小馬的馬夫出現。他們正為了比賽做訓練。馬眼充血，鼻息咻咻，不時還搖頭晃腦弄得馬銜的金屬作響，轉眼就從兩人面前遠離，消失在橢圓形的中央樹林後方。
這時，一陣尖銳的鴉啼嚇了兩人一跳。只見通往牧場主人住處的路中央聳立著高大的榆樹，樹枝上棲息著大批烏鴉——總數多達兩百隻——霎時一齊飛起。
牧場主人家的平房和倉庫，以及旁邊美麗的白磚穀倉漸漸接近。

把野口的名片拿給出來迎接的主人後，主人摸著禿頭嘆息說，

「唉，你們要是早一天來就好了……」

兩人被帶去屋後草原看到的，是在夏天雖然很快就已凝固，卻仍在草葉之間點點散布的血跡。

第十一章　獎品等事成之後再說

1

……牧草已被暗紅色血跡染遍。兩人在那面前呆立。

那是牧場外圍雜草叢生的閑靜谷地。今天也有夏日的艷陽普照，兩三棵鬼百合盛氣凌人地綻放碩大花朵。其中一棵從根部折斷，花瓣白色的地方也沾了血。

「看，那裡也有……你們不妨跟著這血跡過去看看。」

看起來和藹可親，體格和這個職業很不搭調似乎有點胃病的牧場主人說。

「牠爬上山谷去了吧。」

「是的。就在剛才，還在吃內臟看起來比較可口的部分，之後把剩下的都拖走了。」

三人沿著草葉折倒的痕跡走上山谷，進入赤楊林中。草叢之間，有疑似牧童生火痕跡的裸露泥土。

「是腳印。」

青年跪在地上仔細研究。夏子也望著那巨大的腳印。

「天啊，是四根腳趾。」

「果然是那傢伙。」

腳印怎麼數都只有四根腳趾。由於帶著沉重的獵物，腳尖深深陷入土中，扁平腳底印的前端，只有四根鮮明的腳趾印。

走了一會，只見巨大的櫟樹根部，青苔被踩成無數碎片散落，那附近的泥土都被粗暴地掘起。

「啊！」

夏子驚呼一聲摀住臉。

沾滿泥土的馬頭，像要悲鳴般露出牙齒，睜著白濛濛的眼睛半埋在土中。碩大的肋骨也從土中血淋淋出現。

「又讓牠得逞了。」

「可惜了這匹馬。真可憐。母馬是為了保護不滿一歲的小馬才犧牲的。」

「為什麼沒逃走呢？」

「大概不認識熊的氣味吧。」

毅試圖看穿林間深處。無論望向何處都只有樹枝交錯，深處融入整片淺綠色中。蟬聲嘶鳴。夏子從馬的殘骸移開視線，只見青年的臉頰逐漸泛起紅潮，與其說是因為眼前景象而憤怒，毋寧是被強烈憤怒的回想激發，他的目光被遠處某種東西吸引，視野中絲毫沒有夏子的存在。這點夏子自己也很清楚。而且不知怎的，夏子對此反而覺得很痛快。

毅彷彿忽然想起，掏出香菸並且也請牧場主人抽，接著以公事公辦的口吻提出一連串質問。夏子就像在外圍參與祕密會議的女祕書般神色嚴肅地傾聽。

「不用阿瑪波嗎？」

阿瑪波是設置在野獸要來的路上迎擊的原始性固定槍。

「阿瑪波當然也可以，但是會觸犯狩獵法。我家牧場不想搞那一套。光是去年，據說就有兩三人死於阿瑪波。」

「我聽野口提過。參加祭典回來的青年，喝得醉醺醺，沒注意到『危險』的警告牌，被槍射中了。」

「是的。阿瑪波不大好。」

——要是沒有這種顧慮，阿瑪波本來是最簡便、最傳統的方法。如果把熊沒吃完的馬屍這樣埋在洞裡，熊多半會像殺人兇手必定重回現場那樣，再次出現。不過當然也屢屢發生忘記這回事，再也不來的情形。看來野獸比人類更恬淡也更健忘，甚至有種說法聲稱，森林就是靠松鼠遺忘的樹子形成的。

結果，兩人在牧場主人家住了下來，等待熊再次出現的機會，當晚和牧場主人一家共進的晚餐非常美味。

餐廳的門楣上方，掛著裱框好的獎狀，在電燈的光影下發亮，定睛一看，內容是這樣的。

名譽大賞

荷斯坦公牛

（荷姆斯泰德科爾爵士十二世）

北海道　森山幸一

依審查成績授與前述之褒獎

大正三年七月十日

東京大正博覽會總裁

大勳位功二級　載仁親王

——這個乳牛與親王的組合，令人遙想和平年代的日本。親王殿下想必也很欣賞血統綿延不絕的公牛那從容安詳的風情。

森山的家人，包括妻子和三個活潑的小孩。孩子們難得見到客人特別興奮。縠送的巧克力令他們喜出望外。小心翼翼拆開包裝紙後，全都立刻拿去收進抽屜裡，以便給正在製造的木船當外殼。

森山把熊的出現半視為命運安排，已經放棄掙扎。吃下紙上像豆渣一樣堆積如山的胃散後，他說沒辦法，這就像是被抽稅。都市長大的美麗妻子，對於丈夫的意見，動不動就出聲嬌笑。夏子和毅雖然一點也不覺得好笑，也只好跟著笑。每次一笑，森山太太就很在意自己豐滿的胸部，頻頻合攏嗶嘰和服的領口，但她最小的兒子都已經三歲左右了，似乎還忘不了母乳的滋味。

「來，太太，再來一碗吧？」

被這麼一說，夏子很驚訝，這才想起對方打從剛才就一直喊自己太太，自己卻完全沒察覺。一看之下，毅坦然自若地大口扒飯。已經完全習慣了。

2

當晚，毅主動提出要睡在距離「命案現場」最近的牧工小屋。牧場主人好心地說要給他三個工人陪同，

「你太太就留在主屋和我們一起睡吧。我們會好好照顧她的。」

森山牧場主人的這個提議，被夏子非常乾脆地拒絕了。

「我也睡小屋就好。」

毅說那樣很危險，拼命阻止她，但是嘴巴都說乾了也沒用，於是他假裝生氣用眼神警告她。瞬間互瞪的年輕男女，最後是男方輕易認輸笑了出來。

「我不管妳了。萬一被吃掉，剩餘部分會被熊做成『人類女性』的罐頭喔。」

毅說。

和三個牧場工人去小屋的那段夜路很美。滿天星斗閃爍，昆蟲早早就遍布在牧野鳴叫。夜晚的空氣寒冷，毅脫下夾克，披在夏子肩上。他將雙手半開玩笑地放在她肩頭披的夾克上，誇張地用力一拍。夏子感覺那像熊掌。她幾乎希望自己被吃掉。

工人們不僅背著村田槍還扛著嶄新的毛毯和枕頭。他們齊聲唱著荒腔走板的歌曲。是知名的松前追分民謠：

雖不及忍路高島，
至少，至少到歌棄磯谷

他們樸素的黑色槍口，在肩上虛無地瞄準星星。

抵達牧工小屋後，夏子和毅才知道毛毯和枕頭是為他們準備的。至於工人們，在火塘稍微生起火，拿出毅送的燒酒喝到微醺，就這麼躺在地板上睡著了。

兩張破舊的榻榻米上，兩人的毛毯被窩緊靠在一起鋪設。兩人默默鑽進被窩。她睡不著。夜晚的靜謐中，貓頭鷹啼叫，樹林沙沙作響，還夾雜著蟲鳴如海潮忽遠忽近。開始起風了。隔著一片門板可以聽見兩個工人的鼾聲。只有兩人，是因為值第一班的那個人，已經走出小屋去四周巡視了。

「你睡著了？」

夏子問。

「沒有。」

毅翻個身。她知道，是之前看到的驚悚情景令毅心潮澎湃。他一直豎起耳朵。

一如野獸。……森林深處，那隻兇猛的猛獸肯定也正豎耳傾聽。

夏子突然感到不安。她伸出手，碰觸毅放在自己胸膛的指尖。

可惜在這種情況下，該做到什麼地步不會被誤解為挑逗，什麼程度是安全的，夏子並不具備準確的判斷力。本就熱血沸騰的青年，當下用力握住她的手。他起身靠過去。

「不行……不行……」

夏子發出尖銳如針的細小聲音抗拒。這時連接吻都不肯，不得不說是明智的。

青年強烈的眼神在黑暗中凝視她。或許打從夏子在上野車站看到他雙眼的瞬間，就已預感到此刻，這麼一想，不由對自己異常惱怒，她竭盡全力說，

「不行……不行……等到殺死熊之後吧。在那之前，絕對不行。」

兩人緊握的雙手，搖晃了一下，最後青年躺回枕上，那隻手掌也放鬆力氣。夏子看到他把手放在豎立枕畔的那把獵槍上。

「天啊，他打算做什麼？」

然而那隻強而有力的手臂，把發出烏光的獵槍放到兩人的被窩之間後，就緩緩

朝牆壁翻身，只剩寬大的背部留在夏子眼中。換言之，獵槍扮演了騎士道傳說[1]中那把劍的角色。

1 騎士道傳說，以中世紀歐洲盛行的騎士的英勇戰鬥和戀愛為題材，口耳相傳的故事。

第十二章　閒暇時光

……不過，夏子還是幾乎徹夜未眠，工人們每隔兩小時輪班巡視，最後直到毅在黎明前被叫醒為止，他那安穩的鼾聲絲毫不曾變調，反而令夏子若有所失。

天亮了。毅回來了。夏子做出被小鳥吱吱喳喳的叫聲吵醒的模樣起床。毅把槍往自己的被褥上一放，說道，

「結果熊還是沒來。」

「真可惜。」

「去洗臉吧。」

「去哪洗？」

「附近有河流。」

兩人來到破曉的牧野。冷空氣清澈透明。野草被露水打濕，四處或濃或淡地瀰漫晨霧。小鳥就像小學校園的搗蛋鬼般格外喧嚷地鳴叫，周遭也不見放牧的牛馬。

夏子摘下已經開盡快要枯萎的月見草插在髮間。青年邊走還不忘頻頻做出體操的動作，大概是在感嘆英雄無用武之地吧。

霧中傳來水聲。毅拉起夏子的手走下斜坡。兩腳在河岸的石頭上站穩，先示範漱口和洗臉。夏子也有樣學樣。河水冰冷如刃。

兩人在那裡交換清晨之吻，那是非常自然的發展，濕潤口腔的清冽河水在彼此的嘴唇來回，昨晚那種滯悶的氣氛無影無蹤。

「我昨天做錯了嗎？」

毅問。夏子最討厭這麼軟弱的蠢問題了。

「不會。」

「說到我目前考慮的事，只有熊。昨晚妳說的話是對的。想想也是，如果對熊的關心占百分之五十，用剩下的百分之五十去愛妳，妳想必也不願意吧。」

「和那個無關。」

「不然……」

「不，你說的，全都搞錯了。用不著在意什麼百分之五十。現在你只要百分之百去考慮熊就行了。正因如此，我才會喜歡你。」

「妳該不會是熊的奸細吧。」

「你見過熊女？」

「以前淺草的戲園子應該有吧。」

兩人都沒見過「熊女」。戰時長大的他們，並非生於那種會對畸形人格外好奇的和平年代。

眾人回到主屋，在主人森山的慰勞下，享用冰牛奶配熱味噌湯的奇妙早餐後，夏子累了，去另一個房間小睡片刻。醒來之後，她呼喚毅。到處都不見他的人影。她有點不安，前往牧場。

接近中午的天空晴朗。除了橫亙在太平洋那邊的蓬鬆雲朵之外看不見別的雲。跑到距離主屋長達五百米的入口後，她終於發現毅倚靠跑馬場櫟木柵欄的身影。

在那壯闊的半哩馬場上，後年將被送去比賽的小馬，像昨天來時看到的那樣追著另一匹騎手騎的馬，也沒掛馬鞍，保持天然的姿態奔馳。每天三哩的追逐運動已經成了日課。

夏子走近毅的身旁。青年轉頭對她微笑。

沙塵輕輕飛舞，只見不知跑到第幾圈的誘導馬奔來。騎手穿著藍色襯衫迎風飛揚。隨著逐漸接近，馬粗重的呼吸，緊張的耳朵，充血的眼睛都清晰可見。但是最美的，是緊跟在後的四、五匹年幼的裸馬。出生該年的十二月就已在比賽辦妥報名登記的這些馬，沉醉於自己的天賦力量與美麗，那充滿光澤的冒汗皮毛閃閃發亮，彷彿疾走的音樂經過兩人的眼前。

「那些馬，至少不用擔心會被熊殺死了。因為是搖錢樹，被照顧得特別仔細。」

這麼一想，這些小馬，有點資產階級學生那種安心篤定的蓬勃生氣，如果換個角度想，也像是非常人工化的脆弱姿態。他們看起來就像是熱衷於運動。

「白天無事可做欸。」

夏子掩住差點冒出口的呵欠，如此說道。

「對，獵人有時候閒得要命。」

「那你很無聊吧。」

「倒也不至於。只要回到東京，工作也很忙碌。」

「我是絕對不會無聊的。我最討厭無聊的人。」

「但那要看個性吧。」

「會無聊的人，其實有點迷戀自己的無聊。我可一點也不覺得無聊。……討厭，你現在就一臉無聊的樣子。」

「不，我只是想了一下妳的事。我是說妳的爸爸媽媽。」

「沒事，用不著考慮那個。今早我也發過電報了。我每天都發電報。這樣的話，她們就只能守在湯川，沒問題的。」

毅很驚訝她這個高明的點子。不過夏子的各種小小陰謀，似乎就像她不時做出的小小善行。由女人採取主動的戀情多半會讓男人厭煩，但是她巧妙地計算毅對熊的熱情，用等比的熱情企圖從毅的背後趁虛而入，她那種奇妙熱情的詭計讓毅不斷產生興趣，如今毅已經開始覺得，自己被追的速度，和自己追她的速度，兩者如果不能保持同等速度，雙方恐怕都會變得不安。

他在高大的榆樹樹蔭坐下，看著牧場主人家的紅磚牆，白穀倉，以及前方成排白楊樹的美麗風景，聽著牧羊犬不停吠叫。他突兀地問，

「昨晚，妳說等殺死熊之後再說，那到底是什麼意思？」

「……」

「是要結婚？或者——」

「當然是結婚。」——夏子的回答很露骨。但是充滿情緒的潔白小手，追著翩翩飛過牧草上的黃鳳蝶，似乎在想什麼其他無關緊要的事。

一輛腳踏車經過兩人身後。鴉群再次飛起，沙沙沙地傳來一陣狂野的拍翅聲。轉頭一看，是個頭已半禿的中年訪客。綁腿布鬆散地掛在腳脖子上，像骯髒的毛巾擠成一團。

腳踏車閃著光芒漸漸遠去。最後在走出主屋的森山面前停車。兩人交談了三言兩語。牧場主人大喊一聲「喂——」，兩人連忙跑回去。

「山上那個老傢伙，昨晚好像去隔壁牧場了。不過說是隔壁，也遠在八公里之外。據說死了兩匹馬。」

牧場主人用隱約鬆了一口氣的口吻說。

第十三章

意外的天意安排

1

失蹤翌日收到的電報，令留在湯川的三人陷入沉思。那天早上，她們去修道院報告事情經過並且道歉後，回到旅館，就收到了電報。

「這是怎麼回事。」

「如果這段電文上的『每到一處皆會發電報到湯川』是真的，那我們就不能離開湯川了。」

最冷靜的母親說，

「沒那回事。從札幌到這裡，電報兩三個小時就到了。既然如此，從這裡發電報到札幌，應該也是同樣時間就能到。只要給旅館經理一點錢事先拜託他，請他從這裡立刻轉發電報，那我們無論在哪裡都沒問題。當然這個任務如果不交給經理，而是拜託婆婆或大姊的話會更安心。」

「哎喲，妳要把我一個人扔在這裡嗎？」

對這個危險感受最深的祖母當下反對。

「我不要。絕對免談。」

「我也不要。為了追蹤小夏，就算翻山越嶺，直到冰山盡頭我也在所不惜。」

「那妳們是要叫我留下來嗎？做母親的悠閒地留下，卻讓婆婆和大姊這樣的老人去找夏子，這種事我可做不出來。」

「我才不是老人。」六十七歲的祖母說。「憑什麼說我是老人。拜託妳不要胡亂扣我帽子。」

「不要吵架了啦。」——萬事和稀泥的姑姑，半帶哭腔地吸著鼻涕說。「我一個人留下來就是了。小夏如果不回來，我就代替她進修道院贖罪。從此永遠都不出來。以後妳們想起我時，就從二樓的陽臺眺望我所在的修道院那片天空吧。」

「這個主意好。夏子如果真有個萬一，我也要進修道院。」

母親潑冷水說，

「對方八成會拒收妳們。」

「萬一被拒絕怎麼辦，寶貝孫女在旅途中分開了，還被兒媳婦虐待到死。」

「您說話別這麼難聽好嗎。」

三人每次腦子混亂時就會去泡澡。結果指尖都泡到發皺了。晚餐時，祖母叫了酒。三人嘀嘀咕咕的，耗了一小時才勉強喝掉不到二百毫升。

之後，祖母頑固地開始打毛線，她打的是夏子的襪子，這是一種抗議行動。傍晚，她們收到從東京發來的匯票。離開旅館已不需擔心。

今晚窗外也能看到外海有釣魷魚船的點點漁火如珠鍊。濤聲響亮。遠處宴會的喧鬧聲，令這個房間的沉默更加醒目。姑姑抽抽搭搭吸著鼻子，一邊用撲克牌獨自算命。母親無可奈何，開始看她帶來的小說，卻一直停留在同一頁。就像中途暫停的電影膠卷，離家的青年主角跳上愛馬，永遠停在同一個地方原地踏步。

「有了，有了！」

這時，姑姑尖聲說道。

「是個好預兆喔。一次就有結果了。我們一定能找到小夏。」

祖母和母親都沒接話。尷尬的姑姑只好從皮包取出餅乾，在膝上攤開手帕，拿著並不算大的餅乾，用雙手掰成四小塊吃。

祖母默默伸出一隻手。姑姑把一塊餅乾放到那隻手上，祖母叛逆地直接塞進口中，任其在嘴裡漸漸溶解。餅乾屑紛紛落在沒打好的襪子上。祖母吃完之後說，

「不過話說回來，今天那位院長算是人很好了。這下子真的安心了。」

這句話是停火和解的暗示。母親也只好開口附和。隨著話題進展，三人決定不管怎樣先去札幌看看。至於該給負責收電報的經理多少錢，又掀起一番爭論。祖母說五百圓就好。姑姑說不給五千不放心。最後雙方各讓一步決定給兩千圓。

被叫來的經理，能拿到兩千圓小費當然不錯，可是三人囉唆的再三交代令他很頭大。

「請你收到電報一定要立刻轉發給札幌的旅館喔。」

「這可是分秒必爭哪。拜託你了。」

「你千萬別忘記喔。」

「這可是讓我們知道寶貝閨女是否安全的重要電報。要記得啊。」

經理心想，萬一自己忘了，鐵定會被這三人活活詛咒而死。

全憑這樣毫無計畫性的情緒採取行動的三人，這一刻聽見非常理性的福音。是夏子在東京的父親打來緊急電話。

「老爺，夏子發電報來了。」

母親這麼開口後，就一個人滔滔不絕，完全沒給對方說句話的時間。

「好了，我知道了。」早已習慣妻子饒舌的厚重嗓音，就像要給對方的饒舌擦屁股似地從容不迫說，

「我也多方考慮過了，但我很懷疑那邊是否有能幹的私家偵探。所以我透過關係聯絡了北海道當地報社的社長，對方經營《札幌時報》和《函館時報》這兩家報紙，是我好友的好友，可以在各方面行個方便。妳們想去札幌就去，但是到了札幌可別輕舉妄動，先去找《札幌時報》的總編輯吧。社長已經打電話好好吩咐

過他了。這位社長，為了這次選舉先來東京做事前準備。我會幫他介紹政壇人士，所以他一口保證『令千金的事件就交給我，而且絕對嚴守祕密』。聽清楚了吧。社長名叫松村，總編輯名叫成瀨，地點等妳們在札幌下車一問就知道。」

「太好了。這下子夏子也沒事了。」

「現在還不能安心得太早。誰知道是否確實。」

「那你就不能找個更確實的人幫忙嗎？」

「唉，煩死了，知道了。」

「這有什麼好煩的。這可是你女兒的重要大事。」

掛話筒的聲音響起，長途電話掛斷了。

婆婆在這種時候，通常會做出和一般婆婆完全相反的有趣反應。每次夫妻一吵架，婆婆就會替媳婦撐腰。因為兒子討人厭的冷靜，和她熱情逗趣的個性合不來。

2

包車從湯川開往函館車站的路上，三人都有點莫名的興奮。祖母沒話找話說地和司機聊天，姑姑一個人沒頭沒腦地拼命附和。

到了要在車站前的食品供應店為這趟旅行買點零食時，三人簡直就像去銀座的衣料店買和服與假領時那樣熱鬧。

「媽，還是買這個吧。那種巧克力有花生，您咬不動。」

「這個怎麼樣？妳幫我看看說明。我看不懂英文。」

「欸欸欸，這個好像不錯。首先包裝紙就很漂亮。」

「那個是肥皂啦。」

這三人能夠在一個屋簷下和平相處，真是一點也不奇怪。

搭乘函館本線後，沿線站名的有趣令三人動輒驚呼。「錢箱」不就是個愉快的站名嗎？在那一站，火車告別日本海與石狩灣，接近札幌。

在市區某間旅館安頓下來後，想到夏子或許就在這城市的一角，三人越發愉快。正好東京某知名唱片歌手也是搭乘同一班火車抵達，因此旅館人聲鼎沸，玄關擠滿趕了又趕還是不斷湧來的歌迷發出尖叫，流行歌手去大澡堂時，順路本該經過那個玄關門口，歌手卻偷偷走後方的狹小樓梯去了員工浴池。否則，浴池的窗口恐怕會有一群瘋狂的古色薩利女巫[1]偷窺。

松浦夏子的家人們特地去玄關參觀流行歌手抵達，但是回到房間後七嘴八舌批評得很難聽。

「那個樣子比到府推銷的推銷員還差勁。」

「這年頭的女孩子都那樣喳喳呼呼嗎。」

「就算歌聲再好聽，那副德性也不行。」

「說到電影明星，還是以前的理察・巴塞爾梅斯比較好。」

祖母說出在葵館常看的無聲電影的演員名字。

吃完午餐，三人不敵舟車勞頓睡了一個午覺，祖母的鼾聲格外響亮，姑姑和母

1　古色薩利（Thessalia）女巫，古希臘古色薩利地方的女巫，據說擁有將月亮從天上拽下來的魔力。

親也恍如夢中，把那鼾聲當成昨晚火車行經內浦灣邊時，在某個小站聽見的霧笛聲，就這麼睡著了。不過，那宛如孤獨海獸叫聲的悠揚霧笛，和這麼吵鬧的老太太並不搭調。

似乎是坐夜車太累，三人這一覺都睡了六個多小時。醒來開窗一看，汽車的車頭燈接近，狸小路那邊的天空，被霓虹燈染紅。

三人要去浴池時，順路經過櫃檯，詢問有沒有電報，經理連聲道歉，一邊送上電報。原來經理被之前那場流行歌手的騷動亂了心神，上午就送來的電報，直到此刻才想起。

「目前在白老附近，請安心，夏子」

「哎喲，她已經不在札幌了。」母親用既失望又有點安心的語調說。

「真是敗給她了。」

三人打消去浴池的計畫，回房間攤開地圖，幸好看起來距離不遠，總算安心了。

這第二通電報，比第一通電報更有效果。這下子確定夏子願意和家人保持聯絡。她們可以不必胡思亂想了。

這時，又是姑姑一邊說著「但願她平安無事就好」，一邊哭哭啼啼，這次祖母和母親組成聯合戰線，憤怒地說，

「這不是擺明平安無事了嗎！」

三人一致認為，用不著現在立刻追去白老。倒是有必要在札幌成立搜查總部。只要借助那位《札幌時報》總編輯的力量，布下天羅地網即可。

「今天報社已經下班了吧。」

「明天一早再去看看吧。」

雖然突然說出這樣悠哉的發言，但是最後，三人還是決定打電話給成瀨總編輯約定明早去拜訪。

當晚，是她們來到札幌後第一個悠閒的夜晚。精神抖擻的一行人，洗完澡就去狸小路散步，但是物價和東京沒兩樣，因此沒有購物。她們經過電影院前時，做夢也沒想到，就在兩三天前，夏子和野口曾經走進那家電影院。

從街角某家洋貨店走出一名身穿白色套裝的女人背影，令母親驚呼一聲。祖母和姑姑也轉頭看。那無疑是夏子。從髮型看來也沒錯。

女人異常颯爽地大步前行，要追上並不容易。三人追到狸小路的中段，女人突然走進泡菜店。母親的腦海，一時之間浮現夏子為男人做牛做馬的悲哀想像。三人魚貫走進散發強烈氣味的泡菜店。女人一轉身，只見驚人的金牙。不是在笑，是嘴巴包不住所以才露出整排金牙，眉毛是畫的，還戴了假睫毛。在那張臉的瞪視下，三位良家婦女毛骨悚然。

「歡迎光臨。」

被店家這麼一說，不買東西都不行了。祖母買了三包山薯昆布絲。

「買那種東西做什麼？」

「這個比較輕，就算帶回東京也不會增加行李負擔。」

愛狗的祖母，回到旅館後，對著跑到玄關門口迎接的英國獵犬，抽出一條昆布絲在狗鼻子前面晃來晃去，但是狗早就被旅館客人的剩菜餵飽，嘴巴變得特別刁，對這種乾癟的食物只是鼻子噴氣，令昆布絲晃了一下，正眼都懶得瞧。

第十四章　友情見真章的時刻

《札幌時報》在早上十點迎來意外的訪客。三人對成瀨總編輯使出成套東京式的社交辭令。講了半天始終沒有進入正題，肚子像機械式水雷那樣鼓起的成瀨（他立刻辯解，他可不是天生就有這樣的肚子，是因為天天喝此地美味的啤酒，才把肚子搞成這麼大），聲稱社長已經打長途電話回來詳細交代過了。三個女人這下子不必把家醜告訴外人，多少免除了這個資產階級最大的辛勞，不禁鬆了一口氣。

「是，她也沒說目的，只說一定會回來，就這麼消失了。」

「她當時穿什麼服裝呢？」

「我們也不清楚她是穿哪件衣服走的，不過她帶來的衣服，有白色套裝、蘇格蘭格紋襯衫、藍色開襟外套、淺灰色長褲……」

這個高亢的女高音，母親自認頂多是講悄悄話的音量，但是坐在總編輯座位附近的野口，因為無事可幹，正在稿紙上隨意塗寫啄木的詩歌，於是不經意聽到了全部內容。

「藍色開襟外套……淺灰色長褲……她是X日那晚消失的……八成是搭乘當晚的函館本線，這樣的話，抵達札幌應該是隔天早上……」

是自己永難忘懷的那一天！野口從椅子跳起來。

「總編輯！我知道。那個女孩子，我知道！」

成瀨狐疑地望著這個非常無能的青年自告奮勇的臉龐。

「你在哪見到的？你倒是說說看。」

成瀨用職業化的口吻問，那一瞬間，野口感到自己做錯了。如果變成是自己告密的形式，她將陷入怎樣的不利局面，一輩子對自己留下多糟的印象，簡直難以想像。然而為時已晚。他只能和盤托出。他立刻被介紹給三個臉色大變的女人，他舉出的夏子容貌特徵全都一一吻合。

「天啊，那她一個人在幹什麼？」

「一個人？」

「難道她不是一個人？同伴是男的？」

「呃。」

「『呃』是肯定還是否定？」

「呃，是男的。」

「天啊，居然是男的。」

「男的？哎喲，會是誰啊。什麼身分來歷都不知道。」

「來到這種地方，會被什麼壞男人騙，大致想像得到。或許是我們監督不周，但是事情發生得太快，我們也沒法子。」

不得不承認，她們在過度驚愕之下有點失去平日的分寸，言行不夠謹慎。這種說話態度，嚴重刺激了野口的正義感。

「令千金的同伴，絕非無賴漢。那是我的朋友。他是了不起的人物。」

這句話，令大家恢復正常。

「哎喲，這真是不好意思。我女兒看起來和那個人非常親密？」

「對。」——很遺憾，野口不得不承認這點。

「能不能找個安靜的地方，以便我們好好請教？」母親說。

成瀨打電話去報社經常利用的鰻魚店訂位，自己也基於責任一同出席，想到意外在上班時間也能喝到的生啤酒滋味，他不禁吞了吞口水。

在鰻魚店的二樓座位，前途出現曙光的三人，雖是十萬火急的詢問，也流露出議論旁人的戀愛八卦時，那股唯恐天下不亂的熱心，但當野口說出夏子與男人之間關係的證詞時，全體都鬆了一口氣。

「早上，我去旅館一看，她的男伴被關在另一間上鎖的房間，正在睡覺。」

家教良好的太太們，當下毫不吝惜地做出結論：既然鑰匙在女方手裡，可見女方身上沒有發生任何事。

第十五章

第二次狩獵

一旦得知夏子失蹤的原因、目的、路線，接下來，三人就開始為如何捕捉這隻敏捷狡詐又美麗的小動物苦惱地左思右想。

「這和獵熊不同，必須活逮到人，所以很麻煩。」祖母說。

「您老是講不吉利的話。」姑姑出言抗議。

之後祖母開始說出等夏子回來，該買什麼給她，不如買螃蟹吧，接風宴要在哪裡辦，我覺得中國菜比日本料理好，對了，最近好久沒吃中國菜了，我想吃皮蛋……母親和姑姑聽得捏把冷汗，深怕在總編輯面前有失顏面。不僅如此。祖母那樣徹底安心後，反而讓人更不安。

這場吵吵鬧鬧的會議立刻決議派遣野口出馬，說理所當然的確是理所當然。順著話題的發展，最後說法甚至演變成是野口必須負責，都是他的疏忽，不僅如此，是他居心不良才會讓夏子從札幌逃走。

野口奉報社之命，從札幌出發。他要前往兩人所在的W牧場，在白老下車。那天是個陰霾的雨天，雖是夏天卻有點冷。只有綠意格外鮮豔，在地面形成暗夜似的林蔭。沿著上坡路走了一會，轉身一看，和海稍微隔了一段距離的鐵軌上，無限拉長的漆黑貨車，貫穿狂風呼嘯的原野，看似以異常倦怠的速度前進。車身看起來只有十包裝香菸的盒子那麼大。

但野口還是一邊擦拭微微冒出的汗水，對這貨車產生親切感，大喊一聲「喂——」。叫聲迴響。同時，也傳來「哞——」的奇怪回音。是牛。W牧場距離這裡意外地近。

他默默走過從牧場入口到牧場主人家的這段漫長道路。草長得很高，幾乎淹沒道路。前方出現美麗的白色穀倉，白磚高塔。這宛如中世紀高塔的風景，在四周的小鳥啁啾中，令野口產生奇妙的錯覺。野口覺得，那個美麗的夏子似乎被幽禁在城堡的高塔中。

在牧場主人的家門前，雪巴特獵犬突然狂吠。野口在狗面前蹲下，仔細打量那犀利的長臉。狗有點害怕，和這奇怪的客人大眼瞪小眼，同時不停咆哮，八成以為要被採訪吧。

牧場主人的妻子在門口出現。穿著白色圍裙，瘦小的臉蛋曬得有點黑，反而更顯清純。

「哎喲，這不是野口先生嗎。」

野口今年春天為了寫「春之採訪」這篇報導，曾和攝影師來過這裡，所以略有交情。

「對，我是野口。」

「歡迎你遠道光臨。我先生現在去公所辦點事。你先進來坐吧。」

「井田在這裡吧。」

「對，和他太太一起。」

「他現在在嗎？」

「不在，別提了，前天晚上就去了隔壁牧場。因為熊在隔壁牧場出現。」

「隔壁？就在附近嗎？」

「說是隔壁，其實還在八公里外呢。總之你先進來坐嘛。」

進屋喝到對方送上的牛奶時，牧場主人太太深信夏子就是井田毅夫人的那種口吻，令野口非常憂鬱。

「他太太真的好漂亮。就是有點神經質，如果到了中年，恐怕也會變得非常歇斯底里，不過年輕時，有個那樣的太太，生活想必會充滿樂趣。況且東京風格的時髦小姐，我真的已經很久沒見過了。就連身為女人的我都覺得很養眼。衣服也做得特別好。肯定是資產階級的千金小姐吧。」

這種女性化的八卦議論，摻雜讚嘆與反感，可以看出她對夏子未必具有好感。如此一來野口反而越發思念夏子，他不得不感到，同性的反感和夏子的魅力成正比。

「那我現在就去一下隔壁牧場。我有急事。」

「哎喲，你才剛到。一定很累吧。」

牧場主人太太看著野口焦躁不安的樣子，態度變得有點冷淡。因為她憑著女人的直覺已發現，野口急著想見的是夏子。

第十六章　歸去來兮

1

Y牧場位於比W牧場地勢更高的高地。通往該處的路全程都是上坡路。人家告訴他貫穿W牧場的河邊那條路是捷徑，野口口渴時就湊近河面，以清澈的河水潤喉，一邊繼續向上游走。河流不時出現紅褐色沙洲，拐了幾個彎後，把野口帶向上游樹木蔥鬱的沿岸。定睛一看，身上帶條黃線的小魚正在敏捷游動。是珠星三塊魚。珠星三塊魚有時也藏在順水飄動的水草底下動也不動。

終於遇見人了。是兩三個少年。其中一個穿葡萄紫色襯衫的拎著魚簍，另外兩人肩上扛著漁網。全都光著腳。

「Y牧場快到了嗎？」

「對，就在前面不遠了。不到四公里路。」

其中一人說。如此說來，自己走了這麼久也不過才走了一半。

兩邊的森林中終於灑落明亮的光線，天空一角出現藍天。於是小鳥迫不及待地一齊叫了起來。附近河床變得崎嶇陡峭，流過岩石之間的河水，耀眼地反射陽光。

從河流向上的道路有坡度，路上布滿蹄印。

野口踩著腳下令鞋子深陷的柔軟泥土上山，兩側覆蓋的樹木枝椏形成暗影，突然出現馬的長臉嚇了他一跳。馬是下來喝水的。他抓著樹木下方的枝椏閃到路旁。三匹馬看似威嚴，一步一步小心翼翼邁步，經過他眼前下去了。栗色肩部肌肉的起伏清晰可見。馬群完全無視野口。沒有騎士也沒有馬鞍，這高大的動物自然的姿態，蘊藏某種神祕。

野口走上山頂，經過松林之間的小徑。眼前頓時出現Y牧場壯闊的景觀。東北方的地平線上，海拔一千二十四米的樽前山，那極具特徵彷彿倒扣一個碗的山頂看似朦朧。

身後的樹梢忽然響起一陣嘎嘎的聲音。也有拍翅聲。是這一帶常見的松鴉。

遠方土地的起伏令牧草如波濤洶湧的綠浪，那邊同樣有看似渺小的穀倉白塔，周遭有馬廄和兩三棟建築形成群落，沿著坡度徐緩的山丘有一條電線，被火柴棒似的電線桿支撐，從這裡看不見的地方一路延伸過來。

野口看了不由為之悸動。

「夏子一定就在那裡。」

他知道自己的愛情毫無希望，因此很想哭。要是能像牛哞哞叫那樣毫無顧忌地放聲大哭該有多好。

報社記者再也受不了，穿過牧場中央朝著白塔全力奔跑。

風在耳邊呼嘯。這時在風聲中，傳來女人呼喚他的叫聲。

「野口先生！野口先生！」

野口以為自己聽錯了，所以還是自顧自地繼續跑。這時吹過牧草的風中，再次響起同樣的呼喚聲。

「野口先生！野口先生！」

他吃驚地停下腳步。不知幾時，在他身後竟站著氣喘吁吁的夏子。野口好不容易才擠出話：

「嗨，我是野口。好久不見。」

聽到這種彷彿初次見面慌裡慌張的打招呼方式，依舊氣喘吁吁的夏子不禁笑了，

「你怎麼跑來了？」

「老實說……」

「我正好也有話要跟你說。」

「事實上……」

「我本來正要一個人去河岸。在樹林裡，我發現有人經過對面的道路。看起來不像牧場的人。我很好奇會是誰，所以過來看看。沒想到是你。我想叫你，你卻突然拔腿就跑。真過分。」

「這樣啊。我也是。」他一邊擦汗，指向遙遠穀倉的白塔，

「我還以為妳在那裡呢。」

「待在那裡面，會被當成飼料。」

「不是，我是說，在那旁邊的屋子裡……」

對於野口笨拙的辯解，夏子轉移話題說，

「要不要先坐下？」

「好。」

野口正要一屁股坐下的那塊草皮之間有馬糞。他連忙跳開，埋身在野菊的白花叢中。

夏子不知怎的並未提起毅。對這種事毫無敏感度的野口先開口了，

「井田在哪裡？」

「在馬廄。他對馬很感興趣，正在聽牧馬的大叔講解如何養馬。」

「噢？撇開那個不提，我其實是肩負重責大任來這裡的。」

「什麼任務？」

「把妳帶回去。」

夏子響亮地笑了。

「帶我回去？簡直像在找走失孩童。」

野口詳細說明在札幌的經過。夏子完全沒生氣。

「是嗎。」她仰望流雲，思考片刻。「要我回去也可以。」

「啊？」

這次輪到野口震驚。因為夏子回答得太輕易，實在不像令他萬分緊張的「重責大任」。

「真的嗎？妳要跟我一起回去？」

「我還沒決定。不過，奇妙的是我還真有點那個意願。我媽和奶奶都還好嗎？」

「對，好得不能再好。」

兩人起身，朝馬廄邁步走去，雲又變多了，耳邊可以感到吹過牧草的強風。

2

馬廄其實不算遠。只是因為遠方能看到的景物，沒有足以比較的近景建築，所以才顯得比實際更遠。

兩人聞到馬廄的氣味。那種氣味是陽光曝曬的氣味、獸類的氣味、牧草的氣味親密混合的味道。馬踢木板的聲音響起，移動橫桿、乾燥的木頭碰撞後在天花板迴響的聲音傳來。

兩人走進馬廄，聽到有人哼著某種徐緩的歌曲。好像是令人懷念的老歌，卻聽不清歌詞。是少女的聲音。聲音有點縹緲，似乎太過透明。

歌聲是從看守馬廄的工人房間傳來的，因此兩人去那三坪大的破舊房間一探究竟。裡面放了茶櫃，有茶桌。一旁的牆上掛著大月曆，月曆下方有個靠牆伸長雙腿的少女。

不合身的洋裝，是鎮上賣的那種最普通的小碎花洋裝。頭髮綁成辮子。低垂的臉龐抬起時，眉毛略濃，眼睛美如深潭。她正在縫補膝上攤開的夾克破口。

夏子的目光迅速掃向那件夾克，

「井田先生在哪裡？」她說。

「那裡。」少女指向牧場主人家那邊。「他在和我爸下圍棋。」

「那件夾克，是井田先生拜託妳的？」

「對，破掉了。」

「是嗎，謝謝妳。」

「原來如此。」野口暗忖，想到剛才夏子出人意表的話，立刻發揮報社記者的敏銳直覺，醒悟了夏子說不出、也不能說「不用了，衣服我幫他補就好」這句話的理由。因為夏子不會針線活。

走出馬廄後，少女那坦蕩的眼神，依然留在野口心中。少女的身材雖然纖細，但乍看之下，冬天被凍傷和冰霜摧殘的手很大，摸起來肯定很硬。

在牧場主人家的客廳下圍棋的毅，看到兩人走進來，吃驚地起身。「這是怎麼回事。」

「他是來接我的。我的下落被家人發現了。」

夏子冷靜地說著，凝視毅的雙眼。毅當下恍然大悟。

——來到這牧場才兩天，毅就和老工人的獨生女走得很近，顯然讓她有點看不順眼。

那個女孩名叫不二子。第一次碰面，正好就是在今天野口在河岸遇到抓魚少年的那附近。當時兩人彎過河岸一角，就發現打赤腳的女孩坐在河中岩石上。

女孩洗完頭髮正在晾乾。頭髮已半乾，披散在肩上。河水非常冷。於是女孩把洋裝的裙襬撩起，赤足沒有浸在水中，而是放在距離她坐的岩石約有一尺遠布滿青苔的石頭上。樹梢灑落的陽光照在濡濕發亮的潔白裸足上，彷彿穿了蕾絲襪子。而且這個不可思議的女孩，正在吟唱莫名其妙的歌。

「Y牧場快到了嗎？」

毅問。

「快到了。不到四公里路。」

少女冷淡地回答。即便在夏子看來也覺得少女很美。不僅如此，這個野性少女單純的目光看著夏子時，夏子感到，那是女人看女人的目光。

「謝謝。」

「算了，我來帶路吧。我家就在Y牧場。」

少女穿上放在河邊的運動鞋。運動鞋被水花濺濕，少女不悅地嘖了一聲。

三人邁步後，對話頓時中止。毅和夏子彼此都想聊聊這個少女的八卦，可是對方就走在眼前，不好意思那樣做。

少女轉頭朝夏子一笑。

「姐姐，妳的衣服好漂亮。」

少女說。

「妳的衣服也很漂亮。妳洗頭了？」

「對。」

「跑到這麼遠來洗？」

「對。我經常一個人走到很遠的地方。而且我想洗的時候就洗。」

少女有點嗔怒地說。年紀看來大約十六、七歲，身材卻是二十歲的成熟女子。

胸部被曬黑的皮膚散發光澤，就連夏子雪白的胸脯都感覺有點遜色。

「爸爸，我帶客人來了。」

就是這句孩子氣的發言，從此開始她犧牲奉獻的服務。夏子起初是抱著莞爾的心態看待。之後就漸漸不高興了。這個小丫頭，從早到晚黏著兩人，不僅替毅洗手帕，還當著夏子的面摸他好不容易留長的鬍渣。

「你快點刮鬍子。」

「太麻煩了。妳幫我刮？」

「幫你刮也行啊。」

夏子越聽越煩……

起初以為少女只是難得看到東京人覺得稀奇，但是看著少女令人眼花撩亂的各種服務，夏子莫名地感到窒息。

「妳打算回去？」毅隨口問。

「我打算回去。」夏子說。

第十七章　親切的種類

1

其間不過短短兩天。夏子並非清楚掌握不二子的心態，也清楚掌握毅的心態後才為此吃醋。夏子只是對於自己做不到的事、缺少的東西被不二子露骨地接手處理，隱約有點不滿。夏子開始這樣意識到自己欠缺的東西，堪稱是有生以來第一次。是愛情令她軟弱嗎？

「我打算回去。」夏子如此回答，其實沒有任何重要理由。

「真令人驚訝。」

毅把剛才握在手中就站起來的白色棋子，放回原本的棋盒。老牧馬人還在專心凝視盤面。毅對他說聲等一下，把白色棋子放進盒中時，盒中堆積的白子緩緩崩塌發出一陣碎響。

「嗯，嗯。」

老牧馬人漫聲應著，繼續盯著棋盤。黑子與白子的分布，就像成群白羊翻越黑柵欄四面奔逃。

毅在長椅坐下，指著自己身旁，示意夏子坐下。夏子說「不要」。毅泰然自若地說，

「那麼野口，你過來。」

野口匆忙在他身旁坐下後，說道，

「老兄，你就讓夏子小姐回去吧。」

「沒頭沒腦的，我都一頭霧水了。」

「夏子小姐的家人千里迢迢地追來札幌了。她們來我的報社委託，我們總編命令我一定要把夏子小姐帶回去，所以我就來了。」

「那是小夏自己才能決定的問題。」

「夏子小姐不是已經說要回去了。」

「那也只好讓她回去了吧。」

夏子倚靠客廳陽臺的柱子。這句話，令她目不轉睛看著毅。在夏子的臉孔後方，稀疏的庫頁冷杉對面是牧場的無垠綠地。那片綠意閃閃發亮，宛如綠海。夏子的臉孔因為逆光而發黑。但她忽然不自覺哭了出來，淚水滑過臉頰，從這邊看過去，就像籠罩暗影的臉龐塗了雲母。

夏子在哭！

這堪稱有史以來的大事件，母親和祖母如果看到了，八成會嚇得腿軟。毅發現之後，當下也不知該怎麼解釋才好。

「縫好了喔。」

不二子大聲說著，現身陽臺。她鬆垮地穿著毅的夾克，就這麼走進客廳。

「喂，妳腳底乾不乾淨啊。萬一把客廳弄髒就糟了。」

老牧馬人說完，看到她那身打扮噗哧笑出來。

「妳這是什麼打扮。」

不二子沒回答，輕戳夏子的背部。然後她說，

「喂，小夏，老子要去獵熊。」

夏子沒回頭。毫不客氣的不二子，從後方抓住她的肩膀，挺直腰背，把下巴放在夏子的肩頭，

「井田先生，夏子小姐為什麼在哭？」

她問。

老牧馬人用眼神制止她問這個問題，但她毫無畏縮之意。她深深湊近窺探夏子的臉，說道，

「哇，真漂亮。眼淚讓人好想摸。」

她的手指碰觸夏子的臉頰，夏子無法再繼續裝作漠不關心，只好笑著說，

「不二子好壞。」

這抹微笑，就像雨過天晴開始閃耀的林間陽光，足以讓大家重新認識到，夏子其實也很適合落淚。

這時夏子說出的話，頗有夏子的風格，眾人都為之驚訝又佩服，她是這麼說的。

「不二子，妳喜歡井田先生吧。妳要代替我陪他去獵熊？」

不二子抬頭瞄夏子一眼笑了，像要掩飾似地又開始哼歌。

「小夏，妳講這種話也沒用。」毅說。

「她還是小毛孩，夫人您別……」老牧馬人嘴裡嘟嘟囔囔站起來時，順手撐著棋盤，於是棋子灑落一地。

夏子憑著女人的直覺看出，不二子對毅孩子氣的照顧方式，不是出於孩子的好心，分明是出於女人的好感，但是這點，她無法直接挑明。

不二子略嫌過度大膽地凝視毅。她將雙手插在夾克口袋，異常仔細地凝視，毅覺得品評會上展示的動物大概就是這種心情，一邊憋笑忍耐，過了一會，不二子說，

「哼，談不上喜歡。」

這決定性的一句話，令所有人爆笑。尤其是野口，最是天真無邪地嘲笑可憐的

帥哥朋友。

毅有必要擺出好丈夫的態度。他起身走過去，像個學生般粗魯地拍打夏子的肩膀。

「妳真傻。別回去了。」

「好。」夏子悄聲說。「我還是決定不走了。不過，我可不是因為吃那孩子的醋才說要回去。剛才我只是有點想回去，才會那麼說。我忽然覺得，如果到哪都跟著你，對你也不好意思。」

「妳這是什麼話。妳要跟我到哪都行。別想離開我。」

毅加強語氣，低聲說道。那一瞬間，就只有那短暫一瞬間，夏子心想，

「天啊，這人好自戀。」

就和夫妻一樣，即使是清純的小情侶，也有所謂的倦怠期。

2

牧場主人不在家。這個古怪的鰥夫，在客廳放了德國哲學的書籍，可是平日喜歡義太夫謠曲，還陳列著全套淨琉璃戲曲，兩人在這牧場之所以待得不自在，就是因為這個捉摸不透的牧場主人，在兩人一抵達就叫他們自由使用家中物品，而且他看夏子的眼神，還帶有讓毅耿耿於懷的東西。

兩人很想撇下眾人，離開陽臺私下好好談一談，但毅還是先轉頭對不二子說，「謝謝。」

兩人漫步小徑。一對蝴蝶在草上低矮交錯，彷彿在高高的草叢間捉迷藏。夏子發現四片葉子的幸運草，捻在指尖旋轉。這草綠色的螺旋槳轉動起來，葉片的白色條紋看似白色小圓圈。

「幹嘛向她道謝？」夏子問。

「謝謝她幫我縫補衣服。」

「噢，也對。」

牧場的盡頭，有夏雲湧現。

這種對話令心情煩躁。夏子對於自己的神經質氣惱得要命。

「我啊，如果待在這個牧場，再多等熊兩三天，心情八成又會這樣起疙瘩。可是話說回來，如果因為那種理由，就一起離開這裡，又會妨礙你的獵熊計畫。所以，我想我一個人回去比較好。」

「妳用不著在意。」

「你現在本來想說『所以我不是早就叫妳別跟來了嗎』對吧？這點我很清楚。可是……」

「沒事。我最近變得有點迷信。我漸漸覺得，如果沒有妳陪在身邊，就無法殺死熊。」

這是最巧妙的愛情告白，因此，夏子最後甚至覺得今晚就在他面前獻出一切也行。不過，之後她那聰穎如松鼠的靈魂，立刻在她耳邊囁嚅「現在還太早」。

回到客廳，牧場主人也已回來了。戰時這位牧場主人想成為政治家卻失敗了，這次失敗雖不致於讓他遭到放逐，但是對著牛呀馬的發揮剛強本色已經無法滿足他，他發現報社記者這個最佳對象，正在請人喝威士忌。

「嗨呀二位，快進來，一起喝酒。」

他說出的話就像賣酒的廣告詞。他之前去鎮上參加喪禮，所以穿著正式的日本寬褲，但是已經脫掉短褂。他坐在承受七十五公斤巨體的椅子上搖來搖去，為戰後政壇的墮落與卑微，悲憤地慷慨陳詞。每每在荒謬之處加入他偏愛的德國哲學用語，野口聽得瞠目結舌。

牧場主人因為一身和服，完美扮演了上一個世紀的政治家類型。說著說著，他漸漸覺得自己的確一度當上內閣大臣，卻不知幾時忘記了。他打從一開始就沒問野口來訪的目的，只收下名片，所以他還以為野口是來採訪的。

因此毅一走進來，他也沒有從椅子起身，傲慢地介紹，

「這位是《札幌時報》的野口記者，這位是井田老弟，專程從東京來獵殺一隻出名兇惡的熊。旁邊的美人是井田夫人。很漂亮吧。」

毅每每覺得當初應該介紹夏子是「妹妹」，可是前天把兩人送來這裡的隔壁牧場主人，當下就已介紹是「太太」了。

牧場主人看著兩人的神情說，

「噢，你們是朋友？」

「對，他剛才突然出現，嚇我一跳。」

「嗯，他是來採訪我的記者。」

「採訪已經結束了嗎？」

「大致結束了。接下來好好喝一杯吧。」

毅調皮地拍拍野口的肩膀說，

「不過你如果不趕緊回去，又要被總編削一頓了吧。」

第十八章　遇襲

對待野口這種毫無朋友道義的做法，毅自己也知道不好。野口已決定住一晚就回去，毅趁著喝酒時對他詳細說明經過。

毅辯解說，都是因為原本打算在札幌就讓夏子回到家人身邊的計畫被野口搞砸，無可奈何之下才變成這樣，對此野口也無話可說。毅說已和夏子約定獵完熊就結婚，請野口暫時別告訴夏子的家人，並且很有男子氣概地發誓，說他會負責保護夏子的安全，因此野口更加沒有反駁的理由了。

「如此說來現在你也投降了？」

野口問出可笑的問題。

「嗯，沒錯。真是個棘手的小姐。」

毅坦率地說著，笑了出來。夏子並未一起喝酒。她早已回臥室，毅今晚又要和牧馬人帶著獵犬巡邏，為了協助毅，她現在先去小睡片刻。

「你們兩個偷偷摸摸在嘀咕什麼。」

牧場主人說。野口心不在焉，不禁脫口說出真話。

「在談我的失戀。」

（夏子要和毅結婚。唉，就連現在，也不知道他們已經進展到哪一步了。）

他癡癡看著酒杯內。要縱身溺斃其中未免太狹小。

牧場主人去上廁所。夏子在房間裡，聽見經過臥室門前的那個腳步聲。聽著牧場的狗長嚎不休，她在被窩中漸感不安，於是開始一一列舉她知道的所有電影明星。

「麗塔．海華絲，葛雷哥萊．畢克，瑪麗亞．蒙特茲，詹姆斯．史都華……」

喃喃念叨這宛如禱告的成串名字，她有點睏了。

她想叫住那腳步聲，不禁喊道：

「是誰？毅哥？」

「嗯，是我。」

她正覺得聲音奇怪，紙門被拉開，牧場主人已經進來了。看起來就像酒顛童子[1]。虛有其表其實酒量欠佳的他，重重跌坐在地上，想要站起來時，又被寬褲絆倒。

夏子從被窩爬起來，把背後已經解開的掛勾重新穿好。

穿著禮服寬褲的大政治家就像熊用後腳站起的姿態。手像前腳那樣晃來晃去沒處放。室內只有檯燈的燈光，因此他的身影看起來漆黑巨大。他始終沉默，保持固定的笑法，也就是只笑一半嘴巴不動的笑法，朝夏子這邊接近。

她的身體撞到簷廊的玻璃門，看到門沒鎖，她迅速拉開門，赤腳跳到院子的草坪上。赤腳跑過蟲鳴唧唧的院子。房間的燈光照在院子裡，她從外面拼命敲玻璃門。

毅起身打開玻璃門。

「怎麼了？」

她默默仰望他。接著傲然一笑，說道，

「熊出現了。」

「啊？」

野口驚呼。

「啥，妳說熊？」

「你自己去看。就躺在我床上。」

大家都跑去夏子的臥室，只見那位大政治家把涼被翻過來蓋，在夏子的床上拱成一團，已經鼾聲大作。

當晚，去警衛小屋的一行人，經過馬廄旁邊時，聽到那悲哀的哼歌聲。今晚也有美麗的星空。

「欸，你不覺得不二子有點像被熊殺死的秋子？」

夏子忽然問。

「怎麼說？」

1　酒顛童子，日本傳說中的大妖怪，住在丹波大江山的鬼王，因嗜酒而得此名。

「我只是忽然有這種感覺。」

夏子如此說道，悄悄挽住他的手臂。

當晚熊也沒出現。隔天早上，報社發來電報給野口。

「四趾熊　現身支笏湖　一人重傷　速攜夏子小姐返」

——內容就是這樣。

四趾熊在支笏湖出現了。造成一人重傷。

必須立刻帶夏子回去。

——看到這封電報後眾人聚集進行協商。

「這裡距離支笏湖有十五哩。」

「虧牠能跑這麼遠。簡直像有翅膀。」

「不，熊的行為半徑是十哩。換言之有可能跑到二十哩外。」

「你打算怎麼辦？」

野口問。

「立刻去支笏湖看看。可惡，這次牠別想逃。支笏湖周遭的森林，就是熊的巢穴。可見熊已停止遠征，回到根據地了。必須先去當地向受傷者打聽詳情。野口，等你回到札幌後，拜託幫我打聽更詳細的新聞。」

「報紙應該也會報導吧。」

「新聞記者居然講得這麼事不關己。」

毅的眼中已經只有熊了。看著這樣的毅，夏子很高興。唯有這種時刻，她才覺得自己獨占了他。

「對了，小夏妳要跟來吧。」

毅用那炯炯發亮的雙眼凝視她說。野口一聽幾乎發出哀嚎：

「算我求妳，夏子小姐，請跟我一起回去吧。否則我會被開除。」

夏子很同情野口。真的會被開除嗎？她沉默。像要發問似地仰望毅。他的眼中，蘊藏那種晦暗、激烈、猶如森林神祕洞窟深處的水晶般難以形容的光芒。她整個人都被那個吸引了。

「對不起……我不能回去。」

夏子這麼說時，高窗從外面被拉開，伴隨灑落的光線，從那誇張的高度一起出現的，是不二子的臉蛋。原來她騎在馬上一直在偷聽。

那聲音彷彿天使的神諭（不過這純粹是高度的問題），不二子說，

「你一個人不敢回去吧，真可憐。野口先生，我陪你回札幌。」

第十九章　採訪記

1

不過這個牧場（畢竟牧場主人有志從政）其實牽了電話線。害怕打電話回報社後會因為任務失敗遭到痛罵的野口，只能用電報查詢熊的新聞。被熊重傷的男人，據說目前在千歲的醫院。報社命令他帶夏子回去時，順路去採訪重傷者。

夏子和毅都覺得有必要見此人一面。另一方面，不二子堅稱只要自己出馬就有把握讓野口不會被開除，不惜跟著去札幌做擋箭牌，對野口而言莫名地可靠。千歲是前往札幌途中的一站，因此四人決定先一起去那裡。

千歲現在是美國空軍基地。去醫院的路上經過橋樑，有兩三個花枝招展的女人倚橋而立。令人懷疑北海道的鄉鎮是否已變成東京的避暑勝地。事實並非如此。那些比陽傘還花俏的開襟針織衫和領巾，彷彿小孩塗鴉般鮮明的妝容，可不是什麼避暑，而是出自更切實的生活所需。

那些女人看到路過的兩對男女，叫嚷著「嘿——嘿——」猛吹口哨調侃。

「喲，這位小哥哥很帥喔。」

夏子聽到這句話，不經意轉頭一看，女人們立刻鼓譟：

「好可怕，那女的瞪我。」

「我自認沒有瞪人，她們卻說我在瞪人，這是不是表示我有斜視？」夏子很悲觀。

對夏子而言，此地是頭一次見到的城鎮。但是這個經常在毅的故事中出現，至少地名已經變得很熟悉的千歲鎮，和她想像中截然不同，就像西式走廊不客氣地貫穿出租公寓每個房間，嶄新的柏油路鮮明地穿越城鎮中央。有吉普車經過。也有高級轎車經過。不時還有從附近機場起飛的戰鬥機，發出驚人的巨響急速下降，在路面留下剪紙般的影子。

醫院是位於河邊的古老洋房。夏子想起以前玩的積木模型之中就有這種洋房。剝落斑駁的油漆，石板屋頂，精雕欄杆的露臺，鐵門……

四人繞過門口下車處來到醫務處的櫃檯前。消毒水的氣味清爽。聞到這個味道，年輕健康的四人，不禁對生病感到懷念。

在門前的花店買了探病的花束，夏子和不二子各拿一束。那是平凡的大麗花、百合及石竹花。還有一支不記得有買的小玫瑰已經快要枯萎。

「這支玫瑰是免費贈送的嗎？」走在醫院的走廊上，夏子暗忖。「這支小玫瑰就像不速之客，看起來垂頭喪氣的。這支花還是我自己留著吧。」

她摘下這朵玫瑰，插在髮上，對不二子一笑。沒想到不二子不甘示弱，竟然也模仿她，從自己拿的那束花中抽出最漂亮的紅色大麗花，插在頭髮上。

「喂喂喂，照妳們這樣做，抵達病房之前花就沒了。妳們兩個，簡直像是把要餵大象的仙貝自己吃掉的小朋友。」

毅說。

幸好病房沒有其他的探病訪客。半邊臉包著繃帶，只能從眼睛和頭髮稍微看出年紀很輕的青年正仰臥在床上。野口打聲招呼，立刻看到掛在枕畔的病歷表。

上面寫著「本多菊造二十九歲」。

這個伐木青年，不愧是整天和木頭打交道，個性沉默寡言，似乎不擅言詞。他說話斷斷續續，大家都擔心他是不是傷口痛，結果並不是。

他驚愕地緊盯著夏子。或許就像接受皇后陛下慰問的忠誠士兵打算站起來立正，他拼命扭動身體，遭到護士小姐斥責。不過一旦開始講話，眼睛或許是因為埋在繃帶中，浮現揮不去的深刻恐懼。

「目的是什麼？」

野口掏出記事本問。

「啥？」

「你入山的目的是什麼？」

「噢。我有點事要去伯父家，本來不用翻過那座山也能到，但那是近路，而且現在不是熊在村落附近打轉的季節，所以我就放心地入山了。從我家後面立刻就能進山……」

2

……那是距離支笏湖畔製材所及旅館、小造船廠所在的中心區往北約一公里半的千歲川流域。

菊造家的後面就是山，通往下方的道路環繞乾涸的水潭，上方的小徑穿過高約二尺的山白竹林。

菊造匆匆走過上方的小徑。

這條小徑很少走。

雖是夏天但林蔭森森很涼快，這是個陰天，因此樹梢篩落的陽光沒有照亮葉尖，橡樹、赤楊、楓樹、花楸樹等樹木叢生，下方是整片的山白竹。

菊造吹起口哨。他會吹的，頂多只有炭坑節歌謠。

抬頭一看樹梢，沒有鳥鳴，也沒有松鼠跑過的身影。沒有風，連細小的每片葉子都不動。樹葉和樹枝彷彿浮雕在陰天那片深灰色燻銀上的雕金工藝，風景整體都像雕刻那樣僵硬。

天地無聲。菊造被震懾，停止吹口哨。

當他來到某處，只見山白竹枯萎。半徑十公尺範圍內的山白竹，幾乎都被刨斷，全部枯死了。

「去年經過這裡時，可沒有這樣。」

菊造想。

這時菊造聞到異味。是難以形容的腥臭。去過戰地的菊造，懷疑附近是否有死屍。但那和屍臭不同。稍微聞一下，好像就連嘴裡都會發黑。

山白竹沙沙作響。

驀然看向前方。

熊過來了。那一瞬間，熊看起來異樣巨大。

菊造四下張望尋找逃生之處。大致都是平板的地形。要躲藏只能爬樹。

他打算爬上附近高大的橡樹。

這時菊造的眼中看不見熊。他的眼中，只有自己該抓住的樹枝。這就跟逃出火場的人，幾乎對火毫無記憶是同樣的道理。

每根樹枝都在伸手也搆不到的高度。菊造在尋找可抓的樹枝之際，也不忘弓身躲藏，因此樹枝看起來越發高得令人絕望。好不容易找到一根適合的樹枝，想伸手去抓，才發現還差了約莫一尺的高度。

他感覺熊已逼近背後了，無奈之下，只好繞著大樹周圍逃跑。因為他想邊逃邊找個靠近大樹可以躲藏的地方。

但他根本無暇去找藏身處。因為熊那種帶著可怕臭氣的呼吸分明已經在背後了。

菊造驚慌大喊。

到底在喊什麼連自己也不知道。他邊喊邊繞著大樹跑了一圈。

這棵橡樹直徑應該有一米半。繞一圈感覺費了很久的時間。

熊還追在後面。於是他比之前更賣力繞著樹逃命。

不知跑到第二圈還是第三圈，那方面的記憶已經模糊。總之他實在太專心全速奔跑，所以反而追上熊了。

眼前出現的，是大得誇張、上半身直立的熊背。骯髒粗糙的毛皮覆蓋視野。名符其實令眼前發黑，菊造大叫一聲：

「哇！」

熊立刻做出非常迅速的動作。那龐大晃動的身體，彷彿棒球投手，一個轉身改變方向，前腳已經迅如閃電掃過菊造的臉頰。

「啪！」

感覺聽到這聲音時，熊的前腳已經打中菊造左眼下方三寸之處。

那瞬間，菊造如遭雷擊。想必他呆若木雞地站在原地看著熊。只見熊張開血盆大口，咬住他的上臂。

那一刻，他的身體以非常驚人的速度被甩動。疼痛的感覺還不清晰。這時，他只覺得被一陣旋風捲走，實際上是熊咬著他的手臂，甩動他的身體。

菊造的個子不高。不到一米六。但他對腕力頗有自信，徵兵檢查時，可以把一袋米高舉在頭頂來回跑十幾趟。就算跟人打架也從沒輸過。這樣的他，如此輕易被甩來甩去之際，倏然閃過的念頭是「村子裡有這麼強的傢伙嗎」。

菊造被扔到乾枯的山白竹上。

他趴伏著，動也不動。

因為他想起那個只要裝死，熊就會離開的傳聞。

一陣不可思議的沉默。菊造閉著眼。好像可以聽見蟬聲，但也許只是耳鳴。心跳急促，心臟幾乎要從嘴裡蹦出來。

連他自己也沒發現，他的右腳動了。熊似乎一直盯著他。當下咬住他挪動的腳踝。然後甩起菊造的身體，砸到四、五公尺外的樹根草叢中。菊造還沒昏迷。但是他嚇得不敢睜眼。他想用全身去感覺熊的行動，卻發現熊似乎在無意義地四下嗅聞。之後，就「呼——」地出聲走掉了。

菊造鬆了一口氣。但是還不能掉以輕心。

如果不繼續裝死，難保熊會不會又從哪殺回來。他使出渾身解數扮演死人。想像自己是一具死屍，雖然感到一股衝動很想睜眼窺探熊的去向，卻還是不敢那樣做。

但他背部的肌肉在動。呼吸越來越急促，背部自然而然隨著呼吸起伏。菊造沒想到這點。可是如果從上方俯瞰，他穿著卡其色襯衫的背部，就像鼴鼠拱起的泥土那樣在蠕動。

不知幾時，熊又回來了。

熊一掌拍向菊造的背部。菊造覺得脊椎斷了。

熊發出「嗚呼——」似的鼻息，終於走了。

整個過程中，菊造幾乎都沒看清熊。熊只是一個漆黑巨大又可怕的影子，就像肉眼看不見的黑暗力量，在他的周遭打轉，散發惡臭，然後就走了。菊造回過神，四下張望，已經不見熊的蹤影時，他無法客觀地思考自己剛才的經歷。他不敢相信自己剛才曾經面對熊。四周再次恢復閑靜的白晝深山。他茫然地邁步。

他感到鼻血流個不停。他已無暇顧及鼻血。但是鼻血流進嘴巴很煩人，於是拿手帕擦血。這才發現血流的方向不對。他用手帕包裹的手指去碰臉頰。結果手指輕易陷入臉頰的皮肉中。

菊造驚覺不妙。心跳驟然加快。

他拿手帕包住臉，一路向下走到水潭邊。下山的雙腳漸漸疼痛。但那種痛不是刺痛，是碰觸熾熱物體的那種痛。一看之下，分趾鞋的鞋面已破破爛爛滲出血。他摸索口袋，找出另一條髒手帕，用那個綁腳。

他走上林道，又向下走到水潭，沿著水潭邊走了一會。落到水潭的水鳥，猛然拍翅飛了起來。那拍翅聲，在他耳中可怕地響起，似乎令全身痛上加痛。

來到河邊，支笏湖終於在眼前鋪展。

那是靜謐、神祕的湖泊。遠方的雲層裂開，露出藍天。那一小塊藍天，在湖面落下倒影。

右邊是惠庭岳，左邊是風不死岳，以及有活火山圓頂的樽前山綿延。湖畔的白樺，在微風中晃動葉片，湖水充斥陰天沉鬱的天光，今天看不見任何帆影。

他看到湖畔森林管理署的碼頭。

那是最近剛重新漆成奶油色的時尚小屋。窗口的白色窗簾隨風飄動，碼頭的白色圍欄伸向湖中，彷彿是這片綠水牧場的柵欄。

菊造抵達那門口後，敲敲門，大喊熟識的署員名字。喊著喊著，突然脫力，就在門前暈厥，倒地不醒……

3

……眾人聽完之後，對這駭人聽聞的故事不禁面面相覷。

毅在聆聽時繃緊臉頰的肌肉。聽完之後，沒忘記問重要的問題。

「你怎麼知道那隻熊就是那隻四趾熊？」

「這個啊，」年輕人津津有味地喝著護士小姐端的水，繼續說道。

「那時候，我根本無暇注意熊長什麼樣子。是事後去現場查看的人，檢查了熊的腳印。腳印只有四根腳趾。而且，這個季節很少有熊會大搖大擺接近村落。通常要等到秋天，玉米收成，山葡萄也熟了，熊才會出來。所以看到那個，可以推知這隻熊已經脫離正常的習性。」

「原來如此。」

大家異口同聲稱讚菊造的勇氣和沉著，把送給勇士的花束放在枕畔，祝福他早日康復。

野口做完記錄後，把記事本收進口袋，轉頭對夏子說，

「怎麼樣，夏子小姐，聽了剛才的敘述，妳不害怕嗎？」

夏子從髮間取下枯萎的玫瑰，隨便找個小瓶子裝水，把玫瑰插進去，調皮地笑了。

「一點也不！」

不二子也用力挺胸深呼吸。

「聽了我也想去獵熊了。」

夏子用邀人去派對似的語氣，輕鬆地說，

「好啊。那就一起去吧。」

毅想說些什麼時，聰明的不二子似乎立刻察覺，

「算了。兩個女生都去太麻煩了。我要跟著野口先生，所以算了。夏子小姐，請妳為野口先生禱告，讓他不要被開除。」

這個老氣橫秋的委託，令眾人失笑，但是毅才剛要笑就作罷，又恢復正經的神色，自言自語說，

「根據這接下來的情報，大致可以確定熊的行動範圍。行動半徑會漸漸縮小。這次應該可以真正布下埋伏等熊落網。我會拜託支笏湖畔的愛奴部落全體助我們一臂之力。野口，我希望札幌的獵友會分會長也能出馬。你幫我聯絡該聯絡的地方，由分會長出面請愛奴配合。那樣比較好。獵友會的人到去年為止都很冷淡，不過這次應該會同意行個方便。如果這樣還是不行……」

夏子等待毅的下一句話。她猜測他會說什麼。那句話果然被她猜中了。

「那我就一個人搞定！」

第二十章　不二子當證人

1

回到《札幌時報》的野口，走上二樓編輯室的步伐異常沉重。

不二子從後面拍拍他的背安慰他，

「沒事的。打起精神來。你可是男人欸。」

成瀨總編輯正在吃午餐便當。這個便當盒，乍看之下，有電話簿那麼大，而且，另外還有裝菜的容器，酒量大的人通常吃得少，由此可以看出成瀨這個大胃王的一面，在此介紹日本缺糧時，他自己寫的社論一節以供參考，

「近來美國的狩獵愛好者遠道而來，僱用大量的日本助手去打獵，負責驅趕鳥獸的助手拿到簡餐——和外國人的同質同量——把一個橘子、兩片起司及一人份的三明治津津有味地吃光後，又打開各自攜帶的便當再次一掃而光，外國人看見每人兩個的特大號飯糰，據說紛紛感慨難怪日本的糧食問題日益嚴重。從這個小故事，也可看出日本人的飲食生活有多麼不合理……」

野口走到他的桌前，鞠躬行禮說，

「我回來了。謝謝您一再發電報。採訪也做完了。」

「辛苦了，真是辛苦你了。」

成瀨迅速用茶水把嘴裡的飯吞下去後，如此說道。

「那位松浦小姐也帶回來了嗎？」

「呃，這個……」

「怎麼？」

「呃，那個……」

「帶回來了嗎？人沒回來嗎？」

野口用蚊子叫似的音量說，

「呃，沒有帶回來。」

「嗯哼。」

一陣沉默，只聽見從總編輯身後吹來的風，掀動桌上的文件發出細碎聲響。總編輯從裝菜的容器捏起沒吃完的火腿迅速解決。咀嚼幾下吞下肚後，突然大發雷霆：

「是什麼理由我不知道，但你這樣等於沒有盡到責任吧。我的臉也被你丟盡了。你自己想想看，你是不是沒有盡到責任。比方說，比方說喔，我們從邏輯的角度來考量問題的話，新聞記者並沒有找人的義務。這是就邏輯來考量問題的話。可是這次的情況，如果，退一步而言，假設說你吧，非要用這種邏輯的角度當擋箭牌，替自己的怠慢辯護，光是這樣就已構成你的怠慢了。這件事本身就是，你說是不是？」

一旦發脾氣，成瀨就會開始長篇大論，連自己都不知道在說什麼。他會冒出一大堆同義詞，反覆使用同樣的文句，犯下文法錯誤。他的腦子就像壞掉的打字機，亂七八糟冒出一堆鉛字。

野口一直在傾聽，但他的理解如下：

總編輯一天就接到東京的社長打來三通電話。社長似乎要對夏子的父親表忠心，所以每天都坐立不安地等待好消息。社長每次不是問夏子回去了沒有，就是大罵成瀨在磨蹭什麼，搞得成瀨每次都不得不冒冷汗，但他是社長的心腹。社長對他的恩情真是比山高比海深。如果能利用這種機會報答萬分之一，成瀨會覺得啤酒喝起來更香。所以成瀨一再對野口強調「就邏輯來考量」，意思似乎是叫他好好思考這一點。

野口垂著頭洗耳恭聽，但是很少有比他更不擅辯解的男人。每當他想開口說什麼，總編輯就會打岔，沒完沒了地繼續發脾氣。

成瀨終於氣累了，

「喂，茶。」他說。

女事務員正好出去辦事了，沒有人送茶水來。

「喂，茶。」成瀨又喊一次，他把坐在邊上空位子等待的不二子誤認為是女事務員，如此說道。「喂，妳在發什麼呆。快點端茶來。」

不二子一看，附近的電熱器上，鋁製水壺正在冒煙，於是從容不迫地關掉電熱器，一手拎著水壺走過來。隨著不二子走近，成瀨瞪大雙眼。

「妳、妳是？」

「啊，這位是客人。」

野口慌忙從旁介紹。不二子沒吭聲，大大方方拎著茶壺給總編輯的杯子倒茶，不知幾時，另一隻手已經拿了另一個茶杯放到野口面前，同樣慢條斯理地倒茶。

成瀨露出異常尷尬的表情，

「啊，這真是不好意思。不敢當。」

他說著喝了一口茶，野口也誠惶誠恐地低頭致謝。

總編輯的道歉非常簡略，是因為難為情，也因為不二子看似十五、六歲的毛孩子，不過這起倒茶事件也讓成瀨的砲火大為減弱。

「妳是來找誰的？是誰的妹妹？」

不二子一直杵在眼前，因此成瀨和氣地說。

2

不二子即使來到都市，依然有種奇妙的美麗。身材雖然嬌小卻發育得很成熟，閃閃發亮如精靈的單純眼睛，濃密的眉毛，森林小動物般敏捷的孤獨感，可是手腳那如夢如幻的動作毫無滯澀，那種模樣，就連廉價的小碎花洋裝，都非常自然地貼合她的氣質。頭髮笨拙地綁起，插著廉價的賽璐璐梳子，更顯得可愛。

「我是和野口先生一起來的。」

「野口，你還有妹妹啊？」

「不，不是我妹妹，那個——」

「難道是老婆？」——成瀨自以為在開玩笑，可是瞥見不二子乍看孩子氣卻很成熟的豐滿胸部後，他特有的幻想又如雲湧現，

「你這趟去接夏子小姐，該不會只顧著大談自己的羅曼史，把工作扔到一旁，

就這麼回來了吧。你說啊，野口，應該不至於吧，不是那樣吧？」

「不是，不是。這孩子是為了保護我，自願跟來的。說穿了等於是證人。」

「證人？」

不二子彷彿成績優秀的學生朗讀課本，當下大聲說道：

「大叔，請別開除野口先生。」

總編輯瞪大雙眼。他覺得這簡直可以寫成報導了。

「開除他？我哪有。」

「騙人。大叔現在就想開除野口先生吧。那樣不好喔。野口先生是個好人，而且我在那邊親眼看到，很清楚野口先生為何無法把夏子小姐帶來札幌。」

「噢？那是為什麼呢？」

總編輯請不二子坐下。他覺得事情越來越有意思，從辦公桌底下的大抽屜取出珍藏的西洋零食，請不二子和野口吃，自己也吃了起來。不二子沒有立刻伸手拿零食。樂趣應該留在重要案件解決之後。她一手放在桌邊，一邊吞口水，一邊做出冗長的證詞。

「夏子小姐非常喜歡要獵熊的井田先生這個人。喜歡到兩人整天形影不離難分難捨。所以我被夏子小姐嚴重懷疑。雖然我並沒有做什麼壞事，只是太好心了一點。」

成瀨總編輯和野口面面相覷，露出苦笑。這是和解的信號。

「井田先生當然很迷人。如果和野口先生比起來大概迷人一百倍吧。但是野口先生真的是好人。當然井田先生也是好人啦。」

「所以夏子小姐到底怎樣了？」

「夏子小姐既然去了那裡，沒有獵到熊之前她絕對不會回來。野口先生沒有錯。夏子小姐是絕對不可能回來的。她說要追隨井田先生去任何地方。」

「這真是傷腦筋。那妳又是哪來的姑娘？」

「我在Y牧場出生，一直住在那裡。我爸爸是牛仔。」

「事情我已經完全明白了。我不會開除野口。妳放心吧。」

成瀨又變回平日那個笑咪咪的胖紳士，拿起桌上的電話話筒。他打電話到松浦一家人住的旅館，留話請她們立刻來報社。

「傷腦筋。」總編輯拿手帕擦擦汗，

「我先把這個解決再說。」

說著對吃剩的便當動筷子。這時不二子終於伸手拿起剛才的西洋零食放進嘴裡。好吃得連舌頭都快化了，她心滿意足地伸手戳戳野口。他很怕癢，發出青蛙似的聲音，成瀨嘴裡含著飯，狐疑地來回審視兩人。

第二十一章　準備戰鬥

1

夏子的祖母和母親、姑姑三人吵吵鬧鬧上來時，正逢午休時間結束，這是在戶外玩球的社員們回辦公室的時刻。

三人就像十年沒見面似地和成瀨寒暄。年輕的社員們一邊用手套接棒球，一邊交頭接耳：

「瞧，那幾個妖怪又來了。」

連他們都聽到的那種高亢的客套話，在報社的空氣中的確顯得異樣。

成瀨將不二子介紹給她們，不二子完全沒有剛才那股氣勢，對著這幾個中老年代表的夫人們鞠躬行禮，彷彿被當場活逮的女扒手，縮起身子只是好奇地瞪大眼。

「所以我們家夏子回來了？」母親問。總編輯慌忙搖頭說，

「不，還沒回來。不過可以確認她目前狀態非常平安。快點，不二子，像剛才那樣，在夫人們面前好好解說一下。」

不二子開口了，但她完全無法像剛才那樣暢所欲言，只好閉嘴交給野口。早已熟諳如何應付夫人們的野口，反而俐落地把事情報告清楚。

「哎喲，讓你百忙之中抽空真不好意思。太麻煩你了。」

「不過這下子，總算可以暫時鬆口氣了。」

「現在安心還太早。看來小夏和那男人的關係已經進展到相當深的地步了。」

「天啊，怎麼辦。為什麼偏偏是夏子碰上這種事。」——姑姑拿手帕擤鼻涕。

「不，根據我多年的直覺可以推斷，女人一旦被吸引到那種地步，只會覺得一切發展都是天經地義。不過夏子不可能主動變得那麼不檢點。可見那男人有多難

纏。」

「一定是個像熊一樣的男人。」

「一定是個像熊一樣把女人當獵物的男人。」

不二子發出鳥叫似的聲音笑出來。

「天哪，太好笑了。像熊一樣？完全不對。大嬸，妳看了一定會嚇一跳。井田先生非常迷人。比野口先生迷人一百倍。」

野口苦著臉，想法實際的母親，當場做出最實在的判斷。

「聽你的意思，」她嘆口氣環視四周，「這好像已經牽涉到結婚問題了。夏子雖然說只要獵到熊就回來，但就算是獵到熊了，如果我們不同意婚事，她八成還是不打算回來。以那孩子的個性而言肯定如此。」

這番話果然具備身為母親的正確觀察。大家都認真傾聽，一旦碰上這種重大問題，祖母和姑姑已經忘了這是什麼場合，開始扯高嗓門。

「可是誰要把可愛的寶貝孫女交給那種熊男！」

「但她如果抱著大家都反對就要殉情自殺的想法，那該怎麼辦？總之這和小夏過去的行事作風不同。這次好像是玩真的。」——姑姑今天已經答應大家絕對不會哭，所以拼命壓抑湧上喉頭的哽咽猛吞口水，眼睛很快已經泛著水光，

「如果真到了那個地步，還請大家成全夏子的心意。」

「這還有什麼好成不成全的。」母親恬淡地說，「夏子的結婚對象，也只能由她自己決定了。不管那人是傳教士還是拳擊手，只要夏子帶回來的男人肯繼承我們松浦家的家業就行了。」

「哎喲，難道松浦家要靠拳擊賣名聲嗎？真討厭，這樣祖先可不會原諒。」

「這只是個比喻嘛。」

眾人顧及會打擾到報社繁忙的工作，於是絡繹轉移陣地去附近的咖啡店。開始下雨了。

「唉呀下雨了。」

「這下子糟了！」

她們不約而同把手帕罩在頭頂，野口同情地把自己的帽子高舉在老太太的頭上。乾脆直接給人家戴上會更好，但他覺得那樣好像有點失禮。

2

在咖啡店，祖母點的是黑咖啡，姑姑好奇地點了咖啡加威士忌，她們身上還保有三浦環[1]騎腳踏車通學那個時代的時髦作風。

話題始終繞著結婚問題打轉，眾人一致認為，除非這邊打電報「同意婚事」，否則夏子絕對不會回來，但也有比較保守的意見認為，無論如何都得避免這種情形發生，因此在爭論之中，幾個老女人似乎不知不覺對尚未見過面的女婿懷抱夢想。因為祖母突然說，

「不管怎樣，我想見見那個男人再說。」

「我也有點想見見他了。」

「聽說他的家世不錯。野口先生說那人的父親還是個企業家呢。」

「夏子會那麼迷戀他，可見他說不定是個出色的人物。夏子喜歡帥哥，所以那人一定長得很體面。」

「乾脆大家一起去見他最省事。」

祖母這個提議令眾人目瞪口呆，不過成瀨總編輯建議，那兩人正追著熊四處移動，老人家的腿腳追不上，倒不如協助他們早日完成獵熊計畫。這個意見獲得全場贊成，就此拍案定論。野口說井田毅還托他傳話，因此母親說，既然如此就去找那個獵友會分會長，由這邊出面委託對方協助。祖母也贊成這個提議。她望著雨中的戶外，突然想起什麼似地轉頭再次提醒夏子的母親：

「可別把我排除在外喔。我已經下定決心了。我決定獵熊時一定要去現場參觀。」

大家現在不方便頂撞，都露出「到時候再敷衍一下即可」的表情，互相使眼色。成瀨打電話叫報社的車子。決定現在立刻帶著幾位夫人去獵友會分會長家。

「野口你呢？」

「這孩子說要回去。我送她去車站。」

「是嗎。」

1 三浦環（1884-1946），日本的女聲樂家，曾巡迴世界各地擔任歌劇《蝴蝶夫人》的主角。

眾人有的道謝有的道歉、一會哭一會笑地鬧哄哄上了車揚長而去。剩下不二子和野口淋著雨一路走到車站。不二子也沒拿東西遮頭髮。雨水恍若澆在野生的樹上，從耳朵滑落那修長的脖頸。不二子的任務和職責已經完成了。她只想盡快回到牧場的父親身邊。

「謝謝妳。」

野口在車站前買了一包特價供應的點心交到她手裡。

「我討厭那幾個夫人。雖然看起來像是好人，但我不喜歡。看到那種人，只想趕快回山裡。」

不二子低聲咕噥。野口說，他也有同感。有趣的是，野性少女的鼻子，竟然也能敏感地察覺那種資產階級的惡臭。

火車啟動時，野口握著從車窗伸出的那隻硬核桃似的手，

「喂，我和井田，妳到底喜歡哪一個？」他問。

被火車和車子的巨響蓋過，她細小的聲音更加遙遠。但是野口聽得清清楚楚。

「當然是你。」

第二十二章　狩獵家氣質

1

報社的車子，在靠近中島公園的南十一條西九丁目的古典洋房前停下。

只見「黑川齒科診所」這塊招牌掛在右邊門柱，「大日本獵友會札幌分會」的招牌鑲嵌在左邊門柱。兩者都是黃銅招牌，無論是生意或嗜好，一視同仁地被擦得晶亮。簡直像嶄新的獵槍。

成瀨和夏子的祖母、姑姑、母親一行四人，魚貫走進牙醫的玄關出聲招呼。對方說正在看診，請他們去二樓的候診室兼會客室。窗前露臺的紫藤花架子是濕的。

黑川醫生正在治療兒童病人。可以聽見醫生說「啊——對，張開嘴」。「不是叫你張嘴嗎。醫生說的話一定要聽喔。」年輕的母親在一旁激勵的聲音傳來。接著是吱吱吱的機器聲。頓時響起驚天動地的哭聲。可以聽見母親也變得不耐煩地大聲喝止，但是哭聲還是越來越淒厲。接著又響起杯子摔到地上破裂的聲音。

「今天就先不治療了。改天情況好的時候再過來。不過，回家之後如果又痛了我可不管喔。」

醫生努力用冷靜開朗的態度如此勸說的聲音傳來。母親始終在嘟嘟囔囔道歉。看著掀開布簾離去的母子，候診室的所有人不禁失笑。年輕的母親因為太沒面子，哭腫了雙眼，正拿手帕摀著鼻子，她牽著的小孩看似頑皮，滿臉都是眼淚鼻涕弄得髒兮兮，環視候診室的大人們之後，剛剛還在哭泣的小騙子，露出會心的微笑，伸出舌頭扮鬼臉。

黑川醫生或許是害羞，遲遲沒有現身。雖是夏天，候診室的地上卻鋪著獵來的熊皮。架子上有雷鳥標本，玻璃眼珠閃閃發亮。牆上掛著泛黃的照片，可以看出青年時代的黑川一腳踩在倒臥的熊頭上，一手把槍拄在地上的颯爽英姿。

黑川醫生脫下白色診療服出現了。成瀨將三人一一為黑川引見。黑川滿嘴噢噢噢的，深深鞠躬，努力表達備感榮幸之意。

此人已經五十六、七歲了，卻有點像小孩戴著假鬍子。臉頰發紅，個子矮小，毫無威嚴，倒像是正在玩耍的小孩那樣精力充沛。狩獵家這種人，多少潛藏孩童的殘酷。

首先，由成瀨說明事情原委，難得安靜的三人組一齊鞠躬拜託：

「還請您幫幫忙。助我們一臂之力。」

「噢噢噢。」牙醫兼分會長像要懇求她們別那樣鞠躬似地搖搖手。順便自己也低頭行禮，頓時發現亞麻夏季西裝的內側沾了一顆飯粒，於是捻起飯粒說，

「事情我都明白了。其實我本來也不是不願協助井田。只是，我已經醒悟獵殺那隻熊是愚蠢之舉。獵人和登山家不同。比較貪心一點。就算是爬到世界最高峰的山頂，如果沒有獵物也白搭。」

「換言之，光靠理想主義，事情不會有進展是吧。」成瀨說。

「是的。可是井田這個年輕人，雖然打獵的本領高明，精神上卻有點欠缺。他在追逐的不是熊。我總覺得他像在追逐天上的星星。」

幾個老女人神情嚴肅地聆聽這番問答，最後，按捺不住的祖母率先開口，

「可是醫生，古人說見義不為無勇也，如果就獵人之道看來合乎正義，醫生就不該袖手旁觀。井田這個男人，對我們來說，雖是偷走我們家閨女的可恨小賊，但我覺得他的想法很了不起。那樣一心報仇，不計報酬地追殺熊，您不覺得很感動？」

祖母這種言論，如果夏子在旁邊聽到了，想必會再次深切感受到，自己果然是此人的嫡親孫女。

「可是獵人並非義士。」黑川笑咪咪地說。「獵人的目標是野獸，不是仇人。是獵物，不是對方的惡意。如果要在熊身上想像惡意，我們也無法輕易開槍了。正因為只當做普通的野獸，才能去追捕，也才能開槍射擊。昆蟲採集家可不會因為那是害蟲，就去抓昆蟲。」

這個論調的確言之成理，胡攪蠻纏的訪客們也不得不服氣。

黑川醫生的柔和目光，隨著他的敘述，漸漸讓眾人都覺得的確理所當然。他們理解，正因為在這柔和的眼中，藏著獵人那種孩子氣的殘酷，不會對狩獵的鳥獸想像多餘的情感，所以才能夠保持這柔和的目光。黑川的信念是這樣的：狩獵的目的是想像動物內在的某種「心」，那是以心獵心，和人類彼此互相廝殺是同樣一回事。

2

接下來的四天，三位淑女為了說服他，熱心地天天來報到。祖母順便拜託他修理假牙，第二天正巧姑姑吃了糖炒黃豆片鬧牙疼，所以她坐上治療椅還不忘說，「醫生，就像你現在這樣幫助我一樣，請你也幫幫我的侄女夫婦（她居然這麼說！）啊哇哇哇！」

最後那是她話還沒說完，醫生就命她漱口的聲音。

每天，她們從市區的旅館走到三越百貨前，從那裡搭乘市電車，在中島公園通下車。

而且每天都是晴天。橫越札幌市中央的大道，其實是車馬無法通行的半綠化帶的大道，雖然夏日豔陽高照，辦公大樓這些午休時間閒著沒事幹的年輕人還是照樣玩球。

雖然沒有展示的對象，三人還是仔細化妝打扮，哀嘆帶來替換的衣服太少。尤其是祖母，無奈之下連脖子都開始塗白粉。

「今天一定要迷倒黑川先生，使出美人計讓他點頭。」

語氣雖是開玩笑，令人傻眼的是她似乎真的有點相信那個可能性。

大道上沒被砍伐的大榆樹，落下涼爽細碎的影子，看似到府推銷員的人倚靠樹根午睡。推著嬰兒車的胖女人，和看似休假的年輕預備隊員，邊走路邊親密交談。這時市立圖書館的鐘樓敲響一點整的鐘聲，狗被灑水車噴到水尖聲吠叫，眼前有馬蠅發出金色的沉重拍翅聲飛過。

也難怪三人想化妝。因為她們頭一次發現自己該做的工作，找到了熱情。尤其是第五天上午，三人更是意氣昂揚地走出旅館。因為親切的成瀨總編輯一大早就打電話到旅館，提供了新消息。

在黑川牙科診所的候診室兼會客室，三人一邊翻《Life》雜誌，一邊等候醫生。露臺的紫藤花架，被下方射來的午前陽光照亮。

「哎喲，好噁心。」

看到染色的顯微鏡照片中或紅或藍的黴菌，祖母如此說道。看到西班牙華麗的婚禮照片，她們感嘆哇好漂亮，看到危險的馬戲團或帆船比賽的照片，她們驚呼哇好可怕。因此這三個平時經常起衝突的女人，不可思議地居然事事達成意見一致。不過如果是這種意見，不一致才奇怪。

黑川醫生這次穿著白色手術袍出現。代表發言的是夏子的母親。

「那個，我們是來通知您，那隻熊，聽說後來又在同一個村子出現過兩次。」

「同一個村子？」

「對。」

姑姑從旁攤開地圖。千歲川從支笏湖流向千歲市。該流域那個約有七十戶的小部落，已用紅色鉛筆做上記號，名稱簡單明瞭，就叫做古太內古潭，那個位置和那名受傷者所在的支笏湖畔部落之間，夾著紋別岳山麓的土地起伏，而且比起井田毅失去美麗少女的蘭越古潭，還要再往上八公里，位於上游。

「噢，古太內古潭啊。」黑川就像在說自家的院子。「那邊的人我很熟。所以呢？」

根據成瀨的情報，那起負傷事件的翌日起，食人熊突然改變路線，來到這個部落抓綿羊。熊似乎已厭倦遠征，開始在老巢附近作亂。至今四趾熊已在古太內出現兩次。每次都有兩三頭綿羊被抓走。那個青年帶著女人，從昨晚就已來到這個部落，但是熊來的方向每天都不同，很難埋伏，再加上青年帶著女人招來反感，據說部落的人都不願配合。

「嗯哼，原來如此。」

黑川撚鬚沉思。他對這隻熊似乎也長期以來都很關注。

「考慮到過去的足跡，這次這個地方的可能性最大。嗯……是啊，嗯。」

黑川思索片刻，在房間裡來回踱步。走到雷鳥的標本前，他板著臉捏住那鳥喙動也不動。

「那個，可以拿張您的名片給村長嗎？」

「呃……是啊，嗯。」

黑川踱步許久，最後差點和上樓來的女訪客撞到額頭。

「請進診療室。我這邊馬上好。」

女客一臉狐疑地鑽進布簾。最後黑川像個孩子似的滿臉發光大喊，

「決定了。我去，我去一趟。」

三人組喜形於色，

「哎喲，醫生！」

她們如此驚呼後再也說不出話。

「今天傍晚我就立刻出發。古太內古潭的人我很熟，我會盡量讓事情往好的方向發展。」——他朝診療室喊道。「妳很幸運。因為妳是我今天最後一個病人。」

第二十三章

苦難的戀人

旅行也接近尾聲，夏子似乎終於懂得人情冷暖了。旅途中一再的失望與疲憊，令她雪白的臉頰擋不住曬黑，眼睛也開始出現疲憊的陰影。

儘管如此，她的美貌並未衰減。昔日無人在夏子身上見過的樸素之美，終於開始散發。

探望過受傷者後，兩人在千歲的旅館過夜。兩人各住一個房間，毅照舊被迫交出房門鑰匙，但是已被馴服的他，變得異樣注重精神層面，已經不把這種虐待當成什麼煎熬的苦行了。尤其他還得天獨厚地天生就能健康熟睡。

相距不遠的古太內古潭有熊出沒的消息，很快就連千歲市這邊也有耳聞。只要待在這個現代化的城市，如今對熊已經毫無切身的恐懼感。

然而在多年前，曾經發現熊跑到小學校園，坐在石牆上觀看學童們遊戲，引起一陣大亂。跑沿岸航線的船員，也曾發現熊坐在崖上，盯著自己這艘白色的巨大汽船看得起勁。

戰時甚至有過這樣的故事：

某個晴朗的秋天，有人看到一頭大熊，從位於千歲市一角的高地墳場之間緩緩出現，越過街道。那人很驚慌，連忙跑去市公所。市公所有十幾個事務員，正在日照明亮的嶄新木造屋子裡辦公，但是見到熊的那個人，慌慌張張衝進市公所，劈頭就問：

「有沒有畜產科的人？」

畜產科的老人停下正在捲紙煙的手，把配給的菸草緩緩用報紙包好以免被風吹走，將那個收進抽屜後，點燃剛捲好的紙菸，這才慢吞吞起身，走到臉色大變的訪客面前。基本上畜產科本來就不可能有什麼令人臉色大變的公務。老人慢條斯理問：

「我就是畜產科的，有什麼事嗎？」

「你還有閒工夫問什麼事！熊、熊出現了！」

「啊！」

那時，熊已越過街道翻越鐵軌的柵欄，來到正在工作的鐵軌工人面前。工人們嚇得腿都軟了，扔下十字鎬就落荒而逃。

——駐紮千歲的海軍某支分隊接到通報緊急出動時，熊早已無影無蹤。

…………

毅和夏子再次聽說那隻熊是四趾熊，深感有義務追捕。遂搭乘下午最後一班開往支笏湖的公車。在公車經過蘭越又行駛一段路後下車，之後還要走兩公里多的路。

兩人從公車的窗口眺望不斷流逝的夏日樹林，以及林間浮現的晚霞。在道路狹窄處，枝葉擦過公車車窗時，彷彿驚慌的小鳥激烈拍翅要撞車似的聲音，把他們嚇了一跳，但所有的感動似乎都很陳腐，沒有最初去牧場時，那種渾身洋溢輕快與新鮮幾乎爆炸的感覺。他們有種預感，就算去了古太內，八成又會讓那隻神出鬼沒的熊逃掉。

下公車後，兩人沿著千歲川步行。這條路幾乎不會遇到任何人。毅肩上扛的獵槍皮套，以及夏子頭上包裹的絲巾，不知幾時也都蒙上白色塵埃。

終於看到古太內部落了。那是把河流夾在中間宛如盆地的一角。一名少年把放牧的綿羊趕回自家小屋的身影，被夕陽拉得長長的。毅給少年糖果，詢問村長家的位置。

部落安靜得死氣沉沉。就連壓在屋頂上的石頭都拉長影子，每個屋頂都只有一面照到夕陽，另一面是黑暗的。部落中央，高大的板屋楓猶如年老的酋長威嚴地佇立。

愛奴村長的家，由於不衛生的愛奴房屋已遭到禁止，只是一間類似東京公營住宅的小房屋。他們出聲打招呼後，從暮色濃郁的室內，緩緩走出一個人。看到那張臉，夏子神色駭然地倒退三尺。這是兩人令部落居民反感的第一原因。

也難怪夏子會驚訝，因為出來迎接兩人的村長夫人年約六十歲，穿的雖是奇妙的襯衫配長褲，臉上卻有這年頭罕見的可怕刺青。是那種嘴巴彷彿裂到耳朵的刺青。膚色也呈現土色宛如死人。

「什麼事？」

毅表明為了獵熊想借宿一晚。

「沒用的。省省吧。」老太婆說。毅獻上帶來的燒酒。

屋內深處傳來陰森森的咳嗽聲。

「是肺病啊。」夏子咕噥。

「老主人似乎有肺病。愛奴族有很多老人都有結核病。」毅低聲回答。

「怎麼辦。我不敢住在這裡。」

夏子說話時，老太婆再次慢吞吞出來，冷眼打量著夏子，一邊說道，

「獵熊是不可能的。放棄吧。趁著天還沒黑趕緊回去。我家不能收留你們，而且無論哪一家，想必都不會收留帶著女人的獵人。一個想要獵殺食人熊的人，居然帶著女人四處走，怎麼可能讓人認真看待。」

老太婆抬眼笑了，嘴巴好像真的裂開。毅又問了兩三戶人家，一律遭到拒絕。

就算想在野地露營，也怕遇上熊有危險。就這樣耗到天都黑了，兩人豎耳傾聽明亮的窗口透出的收音機歌謠，一邊在河岸吃著寒酸的宵夜便當。

「這個村子也太冷淡了吧。」

毅怕夏子的身體被夜間露水打濕。

他從背包取出毯子，裹住她的肩膀。河流上方的天空開始有星星閃爍。

「萬一熊出現了怎麼辦。」

夏子不安地說。

「我求之不得。」

毅這句話，隱約帶著冰冷的味道。

第二十四章 蘭越古潭之夜

1

這下不知熊幾時會出現。雖說是夏天，夜裡還是很冷。毅收集枯枝生火。吃完攜帶的乾糧後，為了振作精神，兩人喝了少許迷你瓶裝威士忌。用瓶蓋充當酒杯輪流啜飲的琥珀色酒液，紅通通地映現火影。

「怎樣，拿出勇氣，再去兩三家問問看吧？」

「嗯。」

毅沒有像平時那樣立刻做出決斷。家家戶戶的簷下，都有愛奴犬發出尖銳似狼嚎的遠吠聲互相應和。

「我有主意了，還是去蘭越吧。」

「現在去？」

「嗯，就算在這個部落過夜，也只會一再吃閉門羹毫無進展。一個人站崗獵熊太困難了。」

「可是你不是說，如果無人願意相助，那你就一個人搞定。」

「那個啊。那是我逞強嘴硬。還是去蘭越拜託大牛田十藏，請他再來說服這裡的村長吧。今晚就算熊真的來了，也只能放過牠了。」

英雄頭一次示弱。可以理解他的內心深處猶有難以言喻的遺憾，但夏子還是想再聽幾句他略帶孩子氣的逞強。更何況，她一點也不怕食人熊。

去蘭越的路途遙遠。兩人帶了手電筒，可是一旦邁步走出，夜路的黑暗就像沒有月亮的星夜，異常荒涼。

蘭越……

之前公車經過那個部落旁邊時，夏子只看到毅手指之處，有著和這裡一樣平凡的民宅。毅之前沒有順路造訪蘭越的心情，夏子能夠理解。就常識考量，他來北海道之後，本來第一個就該去那裡。

他八成是害怕沉浸在那裡的回憶中吧。他不願把夏子放在那段回憶中吧。他原本大概打算默默找熊報仇，獨自感到滿足，然後再默默回東京。

之前經過時，蘭越古潭的天空隱約可見晚霞。兩三棵白楊樹矗立，南瓜田在路旁蒙上塵埃。路上不見人影。從古太內到蘭越，路沿著千歲川，時而隔斷，隔斷的地方兩側都是深邃的森林。

夏子的腿酸了。纖細的雙腳不習慣走這麼遠的路，在鞋子裡磨出水泡發出哀號。但是好強的夏子絕對不肯叫苦。

手電筒照亮道路兩旁樹木千奇百怪的姿態，時而看似吹簫的流浪僧人，時而看似吊死鬼，時而看似老太婆，時而看似門神。夏子想起歌德寫的〈魔王〉那首詩，有點毛骨悚然。

至於毅，始終沒有問她「累了嗎」，也沒安慰她「馬上就到了」。這樣一句話，在這種情況對女人心有多大的威力，毅想必不是不懂，但他就是不肯說句溫言軟語。

夏子邊走邊想：

「現在，我拖累了這個人。因為他帶著女人所以被村長夫人嫌棄，獵熊計畫出現障礙讓他很不甘心。好啊，那我也要堅持到底，絕對不會表現出絲毫內疚。」

夜鳥在林中爭相鳴叫。水聲接近後，可以看見河了。河面那種異樣的明亮，令兩人察覺月亮出來了。

河上有氣派的石橋。毅在那裡停下腳，夏子若無其事地想繼續走。

「喂，妳不休息一下？」

毅說。夏子轉頭微笑。

「可是我一點也不累呢。」

夏子繼續前行的雙腳，隱約有點跛。毅生氣似地怒吼：

「給我停下休息！」

但夏子還是繼續向前走，毅追上去，把手搭在她肩上。夏子沒站穩，他已猛然把這個可愛的搗蛋鬼雙手壓制在身後吻了她。掛在他肩上的獵槍皮帶卡進夏子的肩膀。

「天啊，真是的。」夏子想。「他打從剛才就默不吭聲，原來是為了這個啊。」

夏子在這漫長的接吻過程中，稍微睜開一隻眼，瞥見頭上的星空。眼中彷彿有星星墜落。口中似乎被那熾熱的甘露浸潤。可以看見大熊星座，還有小熊星座。這對大熊小熊，帶有烏光的皮毛混入夜空的漆黑，只有那爪子和白牙的燦光，映在我們的眼中。

2

接吻後，兩人挽著手走路。雙腳已忘記疲憊。毅的夜光錶，指向夏季時間十一點半時，終於看到蘭越古潭已經寥落無幾的燈光。

過了烏柵舞橋接近村子時，看門的狗一齊吠叫起來。正如毅之前的描述。薄霧籠罩，所剩無幾還在熬夜的燈光朦朧。村子已經連收音機的聲音都沒有。

部落被不可思議的冥想式氛圍籠罩。簡而言之，是早來的秋天氣息。是傍晚生火殘留的餘香，是廚房的氣息，河流的氣息，是白天熱得垂頭喪氣的草木將要起死回生的生命氣息。夏子的腳下，踩著不知名的黃色小花。

毅還清楚記得大牛田十藏的家。幸好對方還沒睡。那家人打從當時就是夜貓子。

走近掛著大牛田這塊門牌的玄關，狗就像被踩到般歇斯底里地叫了起來，旁邊的窗子打開，十藏的妻子探頭朝這邊看。

「哪位？」

「我是井田。好久不見。」

「啊？哪位井田先生？」

「前年承蒙你們照顧的東京人井田。」

「哎喲！是井田先生啊。老頭子，信子，松子，是井田先生來了。」

窗口一下子出現四個腦袋並排。十藏眨著藍眼睛站起來。玄關的毛玻璃上，立刻有那粗魯的影子晃動。玻璃門開了，十藏在毅的身後發現夏子的身影，說道，

「啊，你太太也來了啊。」

夏子的穿著打扮十分樸素，但是在大家的迎接下安頓好後，她的外表依然足以令信子和松子瞠目。

毅送的燒酒讓十藏醉了，他頭一次用那雙泛藍的眼睛，就像看著許久未歸的兒子一樣端詳毅。他的眼睛濕了。一絲淚水沿著青色的刮鬍痕跡滑落。

「哎喲，爸爸哭了。」二十一歲的大女兒很訝異。

「哎喲，爸爸哭了。」十四歲的小女兒也跟著模仿。

「這一兩年來，都沒看過妳們的爸爸哭。自從那件事之後……」母親欲言又止。

父親拉著毅的手，默默帶他去佛壇前。黯淡的照片放在廉價的相框裡。夏子察覺之後也跟著走過去合掌膜拜。

夏子一邊膜拜，一邊不忘用「女人」的眼光，觀察那張記事本大小的遺照。照片中的秋子笑著舉起手。頭髮被風吹亂，帶笑的臉龐，眼角刻畫頂著風略顯吃力的少年般的表情。是很普通的臉。就像上千個蘋果中的一個，正因為普通所以新鮮。那張照片一點也不像不二子，夏子安心了。

毅定睛凝視那張照片。他自己，似乎也難以相信所有的熱情都投注在這張小照片的身影上。裊裊青煙中，秋子嬌羞寡言的說話態度，聲音，眼神，小鳥似的口哨聲，敏捷的動作，一切似乎都清晰重現。他的眼中沒有淚光閃爍，只有新的憤怒發光。

「一定要殺死那隻熊！」

一旁的夏子，感到那樣的毅，眼中完全沒有自己的存在，對於自己這段戀情的奇妙矛盾，不由後知後覺地抱著驚訝看待。

第二十五章

登場人物齊聚一堂

翌晨，兩人之間有點暗雲低迷。

疲憊與煩躁與捲土重來的怒火，使得昨晚毅打破承諾，做出踰矩的舉動。夏子在狹小的屋子裡，深怕睡在隔壁房間的人們聽見，只能拼命小聲抗拒。最後她說：

「現在你的腦中只想著秋子。我可不要當死人的替身。我是夏子，不是秋子。」……夏子像要諄諄勸喻弟弟似的，聲音變得溫柔沉靜。

「你知道嗎，在我們的初夜，我可沒辦法當你舊情人的替身喔。」

過了一會毅吞嚥口水。說道：

「對不起。」

才剛覺得安靜下來了，他居然已經鼾聲大作。

——這種糾結，倒也不是哪一方還有餘恨未消，卻持續到天亮。

大牛田十藏一大早就騎腳踏車去古太內古潭了。為了毅，這天他請假沒去工作。毅既然已經來了，就算沒人拜託他，他也打算要參與復仇行動。十藏有把握說服古太內的人。

夏子和毅，在清晨的路上目送十藏的腳踏車遠去。之後夏子想折返大牛田家。毅卻沒回去，反而沿著露水沾濕的小徑往山上走。他開始奔跑。似乎內心有什麼棘手的問題。

夏子打從昨晚就被信子和松子盤根究柢地追問東京的事情十分頭痛。二十一歲的信子問她東京現在流行什麼樣的服裝，十四歲的松子想看少女歌劇[1]，問她那有多漂亮，松子想起少女歌劇來札幌巡迴演出時家裡不讓她去看，又開始責怪母親。問得夏子頭都大了。雖然不久之前才從東京出發，卻好像已經闊別一年。東

1　少女歌劇，純女性表演的日本特有音樂劇。例如寶塚歌劇團的演出。

京，地圖上的渺小一點，遠方雜沓擁擠的小都市，除此之外沒有浮現任何幻想。該怎麼說明東京才好？銀座有什麼東西？什麼也沒有。塞滿了空虛，就像裝在玻璃紙袋的糖果那般空虛，僅此而已。

她從窗口眺望後山。綠意在夏日朝陽下燃燒。最後山頂出現黑色人影，大聲喊道：

「喂——」

對方呼喚的，顯然是自己，她感到驕傲的喜悅。……她拋下一臉驚愕的信子和松子，迅速穿上運動鞋，奔向通往山頂的小徑。小鹿般衝上山的雙腿異常輕盈，被朝露沾濕的運動鞋冷卻她火熱的腳底。夏子撥開山白竹，一口氣衝上去。到達山頂後，強壯的手臂伸過來，把她的身體拉上去。

「妳看。」

毅說。

遠方山脈之間，古太內古潭家家戶戶的屋頂在發光。在那遠方，紋別岳呈現淺紫色。放眼望去都有晨霧瀰漫。正巧只有古太內那塊地方的霧氣散去，千歲川看似一條水銀色曲線，圍繞它的霧氣，染上朝陽的金色。而且霧氣緩緩移動，附近山腹的樹幹，一根一根逐漸可以分明細數。

毅把手放在夏子肩頭。兩人抱著同樣的念頭凝視古太內。在那森林的彼方，河流的深處，有一頭兩人追尋的兇惡巨熊。這時候八成回到窩裡在睡覺吧。對兩人而言，那頭熊是仇敵還是理想，已經難以分辨。

——傍晚，十藏回來了，他沉著臉，一在餐桌坐下，就對毅說，

「昨晚那頭熊又在古太內出現了，據說擄走三隻綿羊。可是，古太內那些傢伙嚇壞了。不知是否因為村長病倒，人人毫無鬥志。他們大言不慚地說，就算有人持槍從東京來也殺不死那個惡魔。他們甚至還說，他們會耐心等待惡魔轉移目標，直到惡魔又跑來蘭越。」

「如果我們堅持要過去呢？」

「恐怕誰也不會幫忙吧。」

十藏說著嘆口氣，大家對著摻麥子的米飯，全都放下筷子發呆。

夏子也覺得，大家看起來簡直像眼前就有大餐卻被主人命令不許動的狗。

一路追尋熊到這裡，明明只差最後一步，卻只能眼睜睜看著熊溜走。

「再等一天，如果對方還是不同意……」毅說，「十藏叔和我就自己去布下天羅地網吧。」

「嗯，那樣也好。」十藏凹陷如俄國人的眼窩深處，泛藍的眼睛深思熟慮地眨動，「我再去交涉兩天試試，如果後天還是沒結果，那我們再出手應該也來得及。熊大致上都是每隔兩天出現一次。昨晚出現過了，今天和明天應該不會出來。」

「十藏叔決定就好。」

毅說。十藏為此請假沒去上工令他很過意不去，但他沒說，只是默默感激十藏的好意。

可惜隔天還是碰壁。古太內部落據說已被死氣沉沉的無力感支配。就像霍亂肆虐的鄉下地區，昔日的尚武民族，如今衰敗的血統被怠惰侵蝕，似乎已經提不起勁做任何事了。

第三天，毅和夏子不知是如何翹首期待十藏的歸來。

毅整天都在保養獵槍。米特蘭德獵槍的槍身被擦到發出烏光，往槍口內部一看，就像鯖魚背部一樣散發藍色的鋼鐵冷光。

毅一再自言自語說著「還沒回來嗎」，每次夏子聽了也會跑去路上，尋找從古太內的方向一路按響喇叭回來的腳踏車。這天十藏遲遲未歸。路上已籠罩暮色。開始微微起霧了，看到霧中亮著燈接近的腳踏車，本以為是十藏，結果全是伐木歸來的工人。

工人們瞪著好奇的眼睛，注視十藏家引起眾多流言的新來女客，就這麼經過。其中也有年輕人說些下流話調戲她。

入夜了。眾人在桌前坐下吃晚餐。

大家都很沉默。母親說，

「妳們爸爸該不會受傷了吧。」

松子立刻用雙手摀住耳朵說她討厭聽到這種話。

信子為了振奮精神，打開收音機。喧鬧的音樂傳來。平時一家人根本不聽什麼爵士樂，今晚卻嚴肅地板著臉，聆聽熱爵士樂。母親說，這是美國的滑稽歌謠吧。

已是晚間八點多。

汽車的喇叭聲響起。停車的聲音傳來，引擎嗡嗡作響。

毅想起以前十藏說過秋子那個不可思議的親生母親坐的汽車聲，不禁悚然。

汽車不可能停在十藏家門前。

全家人只能渾身僵硬豎起耳朵。直到十藏的聲音傳來，大家這才鬆了一口氣，這時玄關門開了，十藏大喊「我回來了」。毅從那聲音的開朗直覺談判成功，連忙衝到玄關。

「怎麼樣？」

「很順利。很順利。一切多虧有黑川老爺幫忙。」

「黑川老爺？」

一個身材矮小略胖、穿著工作褲留小鬍子的紳士，從十藏身後上前一步，伸出手握手。

「我是獵友會札幌分會長黑川。去年沒幫上忙真不好意思。我和古太內談過了。接下來我陪你去古太內吧。」

毅沉默地握住黑川的手。這種感激令他想起學生時代，校際比賽獲勝時與朋友狂熱的握手。不過黑川手上的皺紋可真多。

毅坐進副駕駛座，黑川與十藏、夏子鑽進後座。千歲市公所的公務車，在大牛田一家的聲援下駛離。

抵達古太內時，村子入口停著另一輛有報社旗幟飄揚的汽車。黑川命司機在那前面停車讓大家下車。這時對面也有人開門下車。

夏子驚呼一聲。

下車的，是祖母，母親，姑姑，還有野口。姑姑率先放聲大哭扮演了孝女白琴哭喪的角色，夏子被祖母和母親兩面夾攻抓著不放。

但是當野口向毅介紹夏子的母親時，母親絲毫不忘平日的禮儀，對著這個誘拐少女的傢伙，拘謹有禮地打招呼：「夏子承蒙您照顧了。」

第二十六章　道歉也是一種奇妙的發展

「夏子承蒙您照顧了。」

這句客套話，換個角度想，堪稱舉世最奇妙，就像偶爾常識犯下的非常識性錯誤的範本。

該替夏子母親難過的是，初次見面的毅，如果沒有她想像中「良家子弟」的明顯特徵——遣詞用字的高雅，從稍微抬頭的動作也能感到的良好家教——想必也不可能從她口中冒出那樣的客套話。

正如狗能聞到別隻狗的味道，她也在毅的身上，聞到夏子尚未察覺的味道，那讓她安心。這正是所謂的薑是老的辣。

夏子的雙手被家人從兩邊抓著，祖母和姑姑朝母親和毅走來。母親像要介紹自家兒子似的，把毅介紹給兩人。

「你好，敝姓松浦。今後還請多多指教。」祖母一本正經說，姑姑現在可以光明正大掉眼淚了，拿著已經變得像濕抹布的手帕胡亂抹去眼淚，小聲說出很誇張的招呼詞：「哎喲！您就是井田先生嗎，久仰久仰。」

看到毅面紅耳赤不知所措，矮小的分會長，像要把手放在門框上方的神壇那樣伸長手勉強才拍到他的肩膀，說道，

「嗨，井田老弟，沒什麼好惶恐的。幾位夫人為了你，特地來請求我協助。」毅遭到觀察。淚眼之中也沒放下戒心的女人們，六隻眼睛仔細觀察著他。夏子看不下去，依偎在他身邊，挽著他的手悄聲說，

「別放在心上。大家對你似乎都是好意。」

眾人前往暫時充作宿舍的村長的小公館時，黑川分會長、野口、毅、夏子、十藏領頭，三個女人不由自主形成小集團跟在後面。

毅向野口詢問這意外訪客的來意，分會長似乎也很意外野口與幾位夫人的來訪，把臉轉過去，專心聽野口的回答。

「別提了，我本來一開始就該說明來意，可是夫人們鬧得太兇，我被吃得死死的，根本沒機會開口。其實我是奉成瀨總編輯之命，叫我追隨黑川先生採訪獵熊的新聞。沒想到那三位霸王硬上車。來這裡的路上，三人都很亢奮，真是傷腦筋。我只要發呆不講話，她們就會嗆我『是不是不滿我們即將見到久違的女兒？』」

跟在後面的三人組，已經開始對毅品頭論足了。

「看起來不像是那種大色魔。」

「但是人不可貌相，還是得小心。」

「不過就我所見，」祖母彷彿覺得這種場合如果不表現出冷靜風範就沒面子，用故弄玄虛的語氣說，

「總而言之，看起來不是會做壞事的人。因為他臉都紅了。總之意外是個小少爺，真是沒想到。」

三人如果繼續這種論調，會陷入夏子不是被人誘惑而是主動誘惑別人的自打臉窘境，因此說話時很小心。

一行人最驚訝的是，全村的人居然都出來迎接他們。不過這麼想太自戀了，這個村子難得有汽車停下，現在一下子停了兩輛車，還有陌生的訪客一下車就開始哭哭啼啼大呼小叫，所以家家戶戶都出來看熱鬧罷了。

愛奴犬也忘了吠叫紛紛旁觀，被女孩抱在懷裡的貓，俯視腳下的狗發出咆哮。小男孩們跟在夫人們後面，不知幾時已經組成一支大部隊。太太抱著嬰兒站在門口，丈夫一手拿著燒酒瓶，小口啜飲著看熱鬧。某個窗口還有背對燈光看熱鬧的一家人，就像坐在劇院的頭等席。有留聲機的家庭，還趁這時候播放《赤城搖籃曲》這張歌謠唱片。湊巧從預備隊回家省親的兒子，對母親如此說明：

「像那種人，都是有閒有錢的夫人。妳看那個老太婆的濃妝。媽妳比她漂亮多了。」

穿著布袋裝的六十歲老母，被兒子這帶有真實感的馬屁拍得樂陶陶。

一行人被村長的小老婆歡迎，在足足有四個房間的小公館安頓下來。

小老婆是個已經年近六十略有姿色的胖女人。以前在千歲市當藝妓，後來被村長包養。穿浴衣的她，不知怎麼想的，脖子上還圍著淡藍色絲巾。

一行人取出禮物獻上，小老婆用秋田腔道謝。這麼一說才想到，她那白皙豐腴的肌膚，的確留有秋田美人細膩肌膚的影子。

小老婆取出汽水招待。眾人這才想起似地擦汗。某處有蟲鳴叫。

八人不知怎麼開口，陷入沉默。毅對夏子耳語：

「太麻煩了，乾脆我當壞人，直接道歉？」

「別傻了。那樣不合理。」

「說得也是。想道歉都無從說起。」

她瞄了一眼他含笑的眼睛，他的眼中帶有調侃，夏子難得臉紅了。

「不過話說回來，老人家能千里迢迢來到這裡也不簡單哪。」分會長對祖母說。

「我可不是老人家。我三十歲那年決定不要老，從此就沒再老過。嫁到松浦家時，我下定決心不打鼾，從此直到今天都沒打鼾過。」

母親聽了這番自我宣傳，很想和姑姑使眼色偷笑，但是姑姑不知幾時已經背過身去，眺望這個四坪房間內的壁龕。

「哎喲，這種自然派插花真好看。哎喲，這百合花好漂亮，你們瞧。」

女主人對這種客套話毫無反應，因為她已經起身去泡茶了。

分會長本來打算切入正題談獵熊，但是夫人們只顧著說夏子的事情，他沒機會開口。

「咦，哎喲，妳是害羞不好意思過來啊，小夏。」

「那就來姑姑旁邊，這樣扭扭捏捏可不像夏子。」

「不過才幾天沒見就變成大人了。」

「我好想妳，好想妳啊。」姑姑再次慌忙摸索袖子，等她抓到手帕取出後肯定會哇哇大哭，因此母親從旁緊捏住她的袖口。結果剛流出來的眼淚就打住了。

老實說，這種感情有幾分誇大。如果在夏子剛逃跑毫無頭緒時就逮到她，喜悅想必也增添百倍，但是隨著之後得知她的安全和下落，如今夏子就在眼前，已經不覺得是奇蹟也沒什麼好驚訝了。

在村長的指名下，幫忙獵熊的年輕人，在玄關門口大聲打招呼。走進來的五人之中有一人是預備隊員，另外四個年輕人都具有愛奴人特有的陰暗卻又熱情的長相。

十二、三人擠滿四坪大的房間。為了討論行程，分會長在榻榻米攤開地圖，眾人膝蓋相碰。古太內附近的簡圖是這樣的。

「假設千歲川和支流的接點是A，距離那裡約一千五百公尺的村子入口是B，這附近是C。」分會長一邊趕開聚在地圖上方形成的人頭黑影一邊說明。

「反正熊一定是從山裡出來。在支流接點的地方下山崖，走過河中。村長說，腳印到了那裡就消失，也不知道是不是故意的。熊似乎是從那裡沿著河岸到村子。

在A地點派三人，B地點是聯絡處所以派兩人，C地點派三人埋伏監視。今晚熊不會來，所以明晚再開始。井田你要去哪一處？」

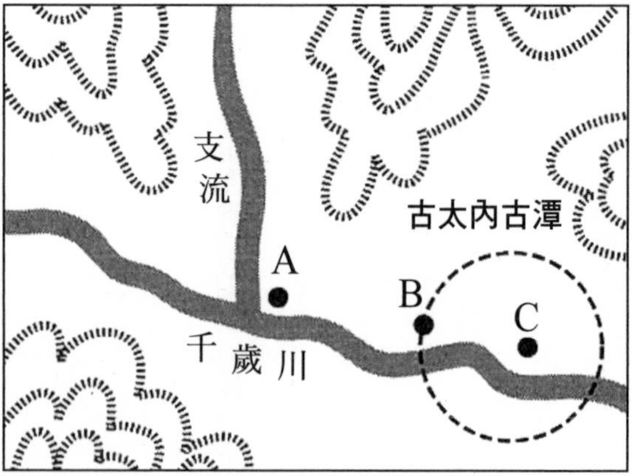

「我負責C吧。如果能抓到熊，肯定是在這裡。」

「這可不見得。」

「總之從明晚起，整晚都把綿羊放在外面當誘餌吧。」

「那我呢？」

夏子開口了。

「哎喲，夏子，萬一出事怎麼得了。」

姑姑尖聲說。

「女人實際上真的很礙事。」當牙醫的分會長毫不客氣說。「不過，捨不得離開情人身邊那也沒辦法。」

年輕男人全都哈哈大笑。

「妳去C點吧。為了防身，明天至少要找人學一下村田槍的操作。」

「天啊，夏子，用什麼槍太離譜了。」

這時祖母充滿女中豪傑氣概的發言鎮住了全場：

「行，夏子，那妳就盡力而為。不過夜裡很冷，記得穿上這雙襪子。這是我在來時的火車上編織的，現在總算完工了。」

祖母意氣昂揚地從袖子拎出來在大家眼前搖晃的黃色襪子，不僅左右兩隻的大小明顯不同，而且就像美國喜劇電影中的搭擋，一隻很胖，另一隻又瘦又長。

第二十七章

黑暗中蠢動的影子

當晚安然無事。翌日整天都是陰天非常涼爽。入夜後，全村為了預祝這些英雄馬到成功，本來想熱熱鬧鬧地辦個事前慶祝會，卻又怕讓熊心生畏懼，因此比平時還安靜。

眾人默默各喝了一杯冷酒後就出發了。負責報導的野口跟著B地點的二人組。毅和夏子以及那個預備隊員還有另一個年輕人，不能用出發來形容。因為四人分成兩兩一組，爬上關綿羊的羊舍屋頂，伏身躲在榆樹的濃密暗影中。

綿羊被刻意圈在柵欄中，不時不安地交互叫喚，骯髒的身體互相摩擦著動來動去。

毅和夏子被這些羊的氣味熏得頭疼，抱槍躺在屋頂上。毅點燃香菸，把剩下的香菸整袋拋給隔壁屋頂上的二人。屋頂那邊傳來一聲「謝了」。之後那裡也有兩點香菸的火光眨動。

毅看起來幸福無比。他輕撫擦得亮晶晶的獵槍。和夏子的村田槍相比，這樣看來格調相差得格外明顯。這個青年看待自己愛用槍枝的眼神，洋溢真正的溫柔。

「很開心？」

夏子把臉埋在自己的槍身上，抬起微笑的眼睛，如此問道。

「嗯。」

毅看似幸福的模樣讓夏子也很幸福。但是誰也無法預料今晚熊會不會來。這樣充滿期待與不安的一夜並非頭一遭。他們一再遭到辜負的心在告誡自己，千萬不能因為獲得大批人馬協助，就樂昏頭把今晚想得特別不同。兩人思忖，萬一熊沒來，必須盡量表現出不忮不求的坦然神情。

「現在幾點了？」夏子問。其實她並不想知道時間。只是想說說話而已。

毅凝眸看夜光錶。

「十點三十五分，不，四十分了。」他說。

這時榆樹的樹梢沙沙作響。夏子驚訝地仰望夜空。原來只是風吹過。

今晚無月亦無星。

同一時間，在距離古太內古潭一千五百公尺左右的河邊山崖上，黑川分會長和十藏，以及一名青年正無所事事地俯瞰河面。前方支流帶著白色泡沫匯流的地方，看似小瀑布。

十藏莫名感到困倦。他換個姿勢拿好槍，坐在堆放在崖邊準備順流運送的木材上。年輕人看了，也在木材的另一端重新坐好，就這樣抱著膝蓋開始打瞌睡。

十藏以前也曾在面臨大事時打瞌睡，結果讓獵物溜了。過於緊張時，似乎就會產生睡意，而且那種睡魔難以抵抗。他想把木材另一端的年輕人叫醒。但是雙手變得沉重無力，單只是喊一聲「醒醒」都覺得萬分麻煩。十藏拼命想睜大眼睛，然而他早已沒有昔日的年輕與強悍。眼看年輕人打瞌睡，自己卻連斥責都做不到，讓他感到很窩囊，但是耳邊只有潺潺流水聲，十藏不知不覺睡著了。

唯有黑川分會長，眼睛牢牢盯著河面。這位矮小的牙醫，只要一說到打獵，內心似乎就會湧現判若兩人的旺盛精力。他和毅一樣熱愛抱著獵槍時那種冰涼的觸感。甚至可以說，比抱著軟玉溫香更喜歡也不為過。

河水滔滔流去。河岸也被兩岸茂密的植物遮蔽得有點暗。這裡距離河流約有三十幾公尺。支流深處曲折蜿蜒，只能看見不時濺起水花。那看起來就像白色小鳥在水上嬉戲。

分會長看錶。大約十一點。

夜晚空氣降溫，雖然穿著皮夾克，冷空氣還是從領口和袖口鑽入。他想像清晨的寒冷，伸手摸口袋。手碰到迷你瓶裝威士忌。黑川一個人默默笑了。

這時，他察覺異樣的氣味飄來。氣味越來越強，似乎在擴散。那是難以形容的腥臭味。

「咦？這個味道以前聞過。」

分會長思忖。他東張西望想確認氣味的來源。什麼都看不見。但是氣味似乎越來越強了。

「噗嘶，噗嘶」的聲音響起。就像混合鼾聲與鼻音。那個聲音與那種骯髒的氣味感覺異常搭調。

「啊，我想起來了！」

分會長連忙把十藏和年輕人搖醒。兩人打個冷顫，痙攣似地醒來。

「出現了？」

「看那邊。」

三人從茂密的竹林之間戰戰兢兢探頭看河岸。

從上游往下游的方向，黑色的龐然大物正緩緩沿著河岸移動。

三人拿穩槍。

黑川用的是熟悉的白朗寧，另外兩人用的是村田槍。

村田槍在設計上每次開槍都得拉動上膛桿裝填子彈。但是這種麻煩的設計，碰上老練的射手，可以用肉眼難以捕捉的神速裝填子彈再次發射，幾乎和精巧的五連槍無分軒輊。不過村田槍沒有保險栓，為了防止危險，裝填子彈後，習慣上不會拉動上膛桿。等到要發射時才會拉上膛桿。

十藏和年輕人努力不發出聲音地在掌中悄悄拉動上膛桿。

「喀嚓」一聲，還不足以驚動人耳。

但是敏感的熊立刻止步。陰暗的臉孔轉向這邊，抽動鼻子哼聲。難聞的腥臭味越發瀰漫。三人就像打了麻醉，陷入半夢半醒之感。簡而言之，是生理上的厭惡令人作嘔時，那種難以名狀的「噁心感」。

正要舉槍射擊的剎那，熊消失了。

不知是往哪跑的，連方向都不確定。總之熊就在剎那之間消失了。

熊是一種覺得危險就會撤退的野獸。唯一的可能，就是朝著來時的方向從山崖底下逃跑了。熊通常只會走人類通行的路徑。

失望的三人在那裡又等待熊超過三十分鐘。最後終於受不了，朝部落的方向邁步。

走了五、六百公尺，兩聲槍響，忽然在部落的上空劃破夜晚空氣。

第二十八章　令人毛骨悚然的訪客

1

三十分鐘前，分會長等人以為突然消失的熊已沿著來時路徑折返，但他們錯了。

那時，熊從他們守候的山崖下方，反而朝古太內古潭的方向直奔而去。

在村長的小公館，夏子的祖母、母親和姑姑三人還沒睡著。雖然鋪了床，但在那四坪大的房間並排鋪的三個被窩上，三人換上睡衣，就像參加校外旅行開心得睡不著的學生嘰嘰喳喳地聊天。女主人也拿著茶點進來，坐在枕畔，加入三人的聊天。

夏子和毅等人在屋頂上埋伏的羊舍，就在這屋子後方大約百米外。

母親和祖母乃至愛哭的姑姑一直在抱怨，好不容易見到可愛的夏子，結果夏子又接下那麼危險的任務。祖母忽然想起什麼，把她在札幌買的三袋昆布絲，當成之前贈送的各種禮品的附帶品送給女主人。女主人說有剛煮好的熱開水，不如用電熱器重新加熱一下，大家一起享用昆布絲湯。大家異口同聲說，這個主意好。

村長這個豐腴的老妾，見女客一個比一個泰然自若，完全沒有動手幫忙之意，不由暗自咋舌。三人只是坐著繼續聊天。她們不可能沒發現女主人一個人招呼意外的來客都快忙翻了，卻連一句「要不要我們幫忙」的客套話都不說。可是送上茶水和點心後，她們又七嘴八舌說，

「別忙了別忙了千萬別客氣。」

「哎喲這樣盛情款待怎麼好意思……我頭一次明白，出門在外受到人家這樣溫馨照顧，原來這麼開心。」

「哇，好漂亮的點心。」

「哇，看起來好好吃。」

「那我一定得嚐一下。」

「婆婆您先吃吧。」

「哎喲，真好吃。味道好極了。」

不過東西顯然不怎麼好吃，最好的證據，就是女主人看見夏子的祖母只吃了一半糕點，剩下的被她用面紙裹著捏碎慌忙塞進袖子裡了。

「熊真的會出現嗎。」祖母嘀咕。

「今天晚上不會出現。黑川先生也說這是事先演習。」

母親事事都採取冷靜合理的思考方式。她沒有絲毫不安，既然決定熊暫時不會出現，之後就能泰然處之。至於姑姑，可就沒這麼簡單了。

「怎麼辦。萬一出現了，我該怎麼辦。光是看到熊我大概就會暈倒。」

「暈倒比較好喔。這樣熊會以為妳死掉了。」

「對啊。要是妳發出尖叫，連我們都會被拖累。拜託妳一定要乾淨利落地立刻暈倒。」

「不過話說回來，那個井田先生妳們覺得怎樣？」母親說。

「看起來人是不壞啦。不過如果沒有進一步發展，以夏子的個性誰知道什麼時候又厭倦人家了。回到東京後，得找個徵信社調查一下。」

祖母這句話，令母親和姑姑不敢苟同，夏子從來沒有這麼熱衷過，所以兩人持反對意見認為夏子這次應該會定下來。

四坪大的房間，照理說是這村子屈指可數的豪華客房，可是牆上掛著大月曆代替書畫，茶櫃上還裝飾著看起來老舊廉價的法國洋娃娃。

「這個被窩有點不乾淨，滿噁心的。」

母親說。

「將就一下吧。應該不至於有跳蚤。」

「我今晚要在被子邊上裹著毛巾睡。」

「做的時候可別引人注目喔。」

這時冒著熱氣的昆布絲湯碗送來了。大家紛紛說「這真是不好意思」，微微低頭致謝。眾人剛把碗送到嘴邊，將那熱氣吸進嘴裡時，忽然傳來低微的笛音。

「那是什麼？」

夜裡很安靜。早已過了十一點，因此也沒有白天高分貝的收音機聲音。就在這種情況下，傳來似乎摻雜呼吸聲的笛音。

「咻——咻——」

過了一會，聲音停止了。

豎起耳朵傾聽的四人，如釋重負地面面相覷。

「那是什麼啊，有點嚇人。」姑姑語帶畏懼說。

「是羊。是羊在害怕什麼東西的聲音。」

女主人如此回答。

「噢？會是害怕什麼呢？」

「好像是熊來了。」

「啊？」

「自從有熊出沒，晚上我們都會把羊關進羊舍，可是今晚故意放在外面。」

「天啊，已經離得這麼近了嗎？」

2

夫人們慌慌張張合攏領口。

「不要緊。熊只會在外面徘徊，不會進屋。」

這時，又有激烈的狗叫聲傳來。姑姑的昆布絲湯碗掉到膝上。女主人想起身去拿抹布，但是她剛站起來就被姑姑拽著袖子不讓她走。姑姑露出可怕的眼神瞪著她說，

「妳要去哪裡？」

「我去拿抹布。」

「騙人。妳打算扔下我們自己逃走吧。」

「好了好了。」祖母和母親按住滿身昆布絲的姑姑肩膀安撫她。女主人有點惱怒，取下圍在脖子上的絲巾，二話不說就按在姑姑的膝上擦拭。

「哎喲，這怎麼行！不好意思。」

祖母和母親，乃至姑姑這個當事人都掏出自己的手帕爭著要擦拭，膝上好像成

了手帕展覽會。

狗的聲音很遠。聲音的遙遠讓三人格外安心，祖母和母親為了表現出安心，開始啜飲昆布絲，比平時更誇張地說出「哎喲真好喝」、「真美味」這些空洞的奉承話。

狗不叫了。

之後的沉默，令眾人驚恐。因為此刻唯一的聲音就是掛鐘的聲音，以及啜飲昆布絲的聲音。

三人眼前有窗子。到了冬天，就會從外面用木板遮擋，但現在是夏天，只有玻璃窗。如果是真正的愛奴家屋，只有從外面遮擋的木板，沒有任何玻璃，屋裡生爐子的煙會從那窗口散出去。

玻璃窗沒有用窗簾遮掩。窗框把窗戶分成四等分，只模糊映現出電燈照亮的屋內，看不清戶外。

三人一齊發出不像慘叫倒像是喉嚨卡住東西的聲音。

因為在那窗框圈出的範圍內，露出一張巨大的熊臉。

三人不發一語站起來，轉頭看的女主人也心神恍惚地站起來。眾人連滾帶爬地逃出房間，躲進對面陰暗的一坪半房間。

祖母逃走時下意識地一手拿著碗，另一手拿著筷子。彷彿基於什麼道義不能放手，就這樣雙手慎重地拿著碗筷衝過走廊，進入小房間。這時，某種奇妙的意識發揮作用，讓她覺得千萬不能把碗中的昆布絲灑出來，即使只顧著逃命依然穩穩端著碗。

四人縮起身子站在小房間的一隅。姑姑轉身面壁，彷彿恨不得使出忍術消失在牆中，貼著牆把額頭壓在牆壁上。

一陣地鳴似的聲音。

房屋搖晃，此刻熊似乎企圖推倒這棟房子。接著響起木頭裂開的聲音，可怕的巨響逼近三人耳中。祖母緊閉雙眼，雙手拿著碗和筷子，不停發抖。另外三人用雙手摀著耳朵，也在發抖。這聲巨響，事後才知道，是後面房角直徑六寸的松木柱子被熊折斷的聲音。

後面廚房門口的拉門終於被打破。玻璃掉在地上砸個粉碎的清脆聲音響起。

第二十九章　永生難忘的一夜

1

熊進屋了，這點已無庸置疑。

之前機靈的女主人就已關上一坪半房間門口的紙拉門，所以還看不見熊的身影。

母親瞇眼看著紙拉門，只見紙拉門不停晃動。她拼命抓著祖母的肩膀。

紙拉門向前倒下。

祖母使出渾身力氣，連碗帶昆布絲扔向熊的鼻頭。不過事實上，只是砸中倒下的紙拉門。紙拉門連同昆布絲一起壓倒在四人身上。

四人之中沒有一個人真正看到熊的尊容。四人只是畏畏縮縮在腦海想像舉世最可怕的幻影。順帶還有難以形容的氣味。祖母以為已經一腳去了極樂世界，所以認為那是散發異香的奇妙氣味，不過極樂世界不可能這樣腥臭。那種氣味猶如劇毒。是地獄的氣味。被這毒氣一熏，四人都失去了意識。

熊不知怎的並未襲擊這四人。八成是覺得看起來就難吃吧。四人在昏昏沉沉中再次聽到巨響，那是熊撞破走廊的壁板，離開屋子的聲音。

2

——在羊舍的屋頂上，毅和夏子望見熊從頭到尾的行動。

起初憑著羊群不尋常的騷動，他們知道熊來了。

接著熊稍微走遠，是根據那邊日本犬的狂吠聲判斷的。

因為狗叫改變方向的熊，撞斷母親她們所在的屋子木柱時，夏子差點忍不住叫出來。

夏子的身體在待得很不舒服的稻草屋頂上，緊貼毅的身體。夜色漆黑，就算是毅的側臉，不凝眸細看的話也看不清楚。夏子緊抓男人的肩膀，小聲卻呼吸急促地說，

「糟了！我媽她們會被殺。」

儘管這個任性的女孩對家人很冷淡，骨肉親情還是突然爆發。她做夢也沒想過母親會遇害，然而現在即將在眼前發生了。

「別挨著我。會害我失去準頭。……妳也別大意，拿著槍做好準備。我沒叫妳開槍之前不准開槍。聽著，妳那把槍其實是防身用的。千萬不要做出妨礙我的舉動。」

「可是我媽——」

「閉嘴！現在沒時間扯那個。聽我的就對了。」

夏子很清楚，男人在這種場合的冷酷，是不容女人插嘴的。但她準備下屋頂。她要一個人去救母親。

毅伸手用力把她的身體拽上來。夏子覺得就像被熊抓住。

「現在不准下去。」

「可是！」

「太危險了。」

「可是我媽——」

「我說不准去就是不准去！」

他揮拳打夏子的頭。他本來打算輕敲一下，可是太緊張了，不小心用上力。夏子頭暈眼花，這次變成緊抓屋頂以免掉下去。

「喂。」

毅用低沉卻極有穿透力的聲音呼喚隔壁的屋頂。

「就算熊出現了，沒有清楚看見牠之前不能開槍。看見之後立刻射擊。」

「好。」

預備隊員慢吞吞地粗聲回答。他把配合大家拿的村田槍往旁邊一放，轉而將最近接受訓練已經熟悉的手槍槍口對準眼下的黑暗中。

對於屋內人而言，熊待在屋裡的時間似乎非常久，實際上不到一分鐘。熊出來後，沿著樹蔭的暗影，不知幾時已來到射手們埋伏的羊舍前。

綿羊一頭一頭用流送木材時使用的粗大馬尼拉麻繩綁在一起。熊以可怕的怪力扯斷繩索。

熊將一頭羊活生生扛在肩上。被扛起的羊變得很溫馴，連聲音也沒出。

扛著羊的熊，由於負重，腳步變得緩慢。熊拱著腰緩緩邁步時，湊巧進入毅的視野。

毅扣下獵槍的板機。

熊無聲地彎腰倒下。扛著的羊被拋向前方。

預備隊員和另一名青年也同時對著那背影開槍。

熊倒地動也不動。白羊也維持假死狀態沒有動。

眾人圍觀不動的熊，沉默中充斥難以言喻的感情。帶著期待與不安，以及歡喜的預感，看著黑暗中倒下的黑影。

屋頂四人依序爬下來。通常熊被射中後都會發狂，可是這頭熊動也不動，反而令人不安。

四人從遠處戰戰兢兢接近熊。毅走到熊身旁，拿槍托捅熊皮。因為裝死的熊很可能隨時暴起攻擊人。但是捅了之後毫無反應。夏子和兩名青年也趁勢接近。毅抓起那無力垂落的大掌。檢查腳趾。其中一根僅剩趾根的痕跡，數來只有四根。最後他站起來，鄭重宣布，

「死了。」

他說完，拄著槍，茫然呆立片刻。

3

——黑川分會長三人聽到槍聲後，一路跑了一千多公尺回部落。守在部落入口的野口和另兩人也拔腳就跑，在這場行動成功的數分鐘後抵達現場。他們看到眾人就像聚集在好友屍體周遭的男人，沉默地凝視斷氣的熊許久。

野口採訪預備隊員有何感想之際，夏子催促毅去遭到破壞的屋內勘查。屋內還

瀰漫那種異味。壁板被扯裂，玻璃碎了一地。

兩人先看到明亮的四坪房間時，不由感到心頭異樣騷動不安。三人的被窩鋪得整整齊齊，枕畔的榻榻米上滾落三個碗，除此之外看不出任何異樣。月曆好端端掛在明亮的牆上，老舊的法國洋娃娃在茶櫃上歪頭展示媚態。而且沒有半個人影，一片死寂。

兩人折返，看到倒在走廊盡頭的紙拉門。把紙拉門抬起來一看，四個女人在地上疊成一團。

「媽！」

夏子大喊，頭一次哭出來。

「妳冷靜點。沒事。」一毅說。他摸索著找到電燈，打開開關。這時他才發現自己的亢奮未消，手還在抖。

燈光照耀下，四人看似感情融洽地睡在一起。看到她們身上沒流血，夏子暫時鬆了一口氣。

毅和夏子把人一一抱起。最先醒過來的，是小老婆。

「哎喲媽啊。」

她說著，突然笑出來，令兩人很擔心她是不是瘋了。

經過毅的急救，其餘三人也相繼醒過來，夏子從廚房拿水來給她們冰鎮額頭又餵她們喝，忙得人仰馬翻。幸好人人都沒有傷及要害，連一點擦傷都沒有。

暈厥的四人，好一陣子都在瑟瑟發抖連牙齒都在打架，根本無法說話，不過等黑川分會長來慰問時，堅強的祖母，說出這樣的話，

「昆……昆布絲，是我砸的，熊……那個，牠怕了，就逃走了。」

第三十章　尾聲

1

部落的人全都踢開被子從被窩起來了。熊的周遭擠滿火把。穿睡衣的孩子們想往前擠，拼命試圖推開大人們圍成人牆的腿。

食人熊在火把的火焰搖曳下黑壓壓地躺著。宛如小山這個形容詞真是一點也不假。身長絕對超過七尺。

村中老人說從未見過這麼大的熊，記錄中雖然據說曾有八尺巨熊，但總之，這絕對是罕見的大熊。

按照自古以來的習慣，熊當場被剖開，說到那種臭味，簡直可以傳遍四面八方，躺在四坪房間休息的夏子祖母等人，聞到那個味道，還以為熊又出現了，嚇得尖叫。

剝下來的熊皮，足足有四張半榻榻米那麼大。

子彈被挖出，毅那把獵槍的子彈，從右肋進入貫穿心臟。這一槍是致命傷。

黑川邊看邊用力伸長身子，拍拍毅的肩膀。

「幹得好。」

「不，只是湊巧矇到的。」

「我知道是湊巧。這樣手到擒來的事情很少發生。肯定是某種冥冥之中的指引。」

運動員之中意外有很多人非常迷信。

「……冥冥之中的指引……」

毅搜尋空中的大熊星座，但是漆黑的天幕看不見任何星星。

野口拿著記事本和鉛筆四處打轉，彷彿運動會上被分派任務的小學生，因為太

得意了，於是粗魯地撥開人群鑽來鑽去。他來到毅的身旁後，用不必要的低聲說，

「欸，井田，你射殺熊時，就當我也在屋頂上，可以吧？否則報導呈現不出那種震撼力。」

這麼軟弱，真懷疑他如何勝任新聞記者的工作，但是毅還是快活地說，

「沒問題，那你乾脆把熊也寫成身長三公尺的巨熊好了。」

夏子依偎到毅的身旁。

火把的焰影，在她臉上形成深邃的雕刻。眼睛晶亮，臉頰緋紅。就像古代的女兵，夏子看起來凜然美麗。

「妳媽她們已經沒事了吧？」

毅說。

「對，總算安心了。」

「剛才很痛吧。」毅指著她的頭，「那時候，我只能那樣做。」

「被你這麼一說，我想起來有多痛了。本來都已經忘了。」

兩人彼此完全沒必要再問什麼「開不開心」，或者「現在有什麼心情」。因為這半個月的共同生活，夏子幾乎等於是活在毅的心中，活在那熱情中。

「按照此地的習慣，射殺熊的人可以拿走皮毛和肝臟，但我打算什麼都不拿。」毅說。

「為什麼？」

「我只想從此忘記這頭熊。我想忘得乾乾淨淨。」

「也包括……」夏子欲言又止。

毅察覺她沒說完的話，說道：

「是的。也包括秋子。」

這一瞬間，堪稱是兩人的戀情昇華至最純粹的瞬間。

年輕情侶的臉上，有自古以來始終不變的焰影搖曳。青年的臉龐看似神話時代的英雄王子，夏子的臉龐就是奉獻犧牲的公主。兩人的眼眸有火焰映現，雙眸彷彿就此化為雕像，互相凝視動也不動。但他們沒有相擁。更沒有接吻。顧忌周遭眾人（事實上的確有無數視線，射向這來自東京的英雄與美麗的小姐），兩人別說是接吻了，連擁抱或握手都沒有。而兩人的心，比任何肉體接觸更完美地合而為一。

野口問夏子有何感想。

「我現在很幸福。」

自我中心的大小姐，只說了這句話就閉上嘴。這樣根本不算是獵熊的感想。

野口又周到地跑去問病床上的夫人們感想。三人喝了葡萄酒後臉色已經恢復正常。

「我好開心好開心，開心得無法形容。現在簡直不知該說什麼才好。」

姑姑仰臥在床上，額頭放著毛巾，保持仰望天花板的姿勢，說出這種彷彿參加奧運拿到金牌的女子游泳選手的感想。

「這下子總算可以安心了。我們在危急關頭撿回一命後，我倒覺得這也是一次難能可貴的經驗。」母親說。

輪到祖母時，這位活力充沛的老太太從床上坐起來。

「野口先生，這件事你如果沒寫出來，我會恨你一輩子喔。救了這幾人一命的可是我。是我一個人堅強地瞪著熊，對著牠的鼻子把昆布絲扔過去，所以才把熊嚇跑的。不信你去檢查熊的鼻子。一定還有昆布絲掛在上頭。」

「可是，熊已經被完全解體了。」

「是啊，真遺憾。這如果是人，警察沒來現場之前，據說是不能碰屍體的。」

——當晚村中徹夜舉行祭典。村長夫人來道歉，說是村長交代的，送了一升酒給夏子，在篝火的火影下看她嘴巴的刺青，遠比熊可怕多了。

在村長夫人的照顧下，躺在門板上的老村長被抬來看熊。瘦削衰弱的老村長，臉色像紙一樣白，但是凹陷的眼睛倏然恢復生氣，火焰給臉頰妝點了虛假的紅潤。看著血淋淋的熊屍，他的心中似乎重現青年時代無數次狩獵的記憶。當時他的四肢充滿青春的力量，他精悍年輕的軀體，如猛獸奔馳山野。那青葉的晃動，那掠過臉頰的風，那狩獵的歡喜，乃至啜飲獵物鮮血的狂喜，可以看出都清晰在那衰老的眼中重現。

老人動動嘴想說什麼。但他什麼都說不出來。白鬍子覆蓋的嘴巴只是醜陋地扭曲。就在這樣的過程中，一行晶瑩的淚水從他的眼角流下。毅等人看了，比聽到任何讚美都感動。

村長的小公館，已被暈倒組占領，因此慶功宴，是在和黑川分會長守在同一個地點獵熊的青年家中舉行。

毅坐在大牛田十藏的旁邊。

十藏的大掌，握著看似玩具的小酒杯，瞇眼慢吞吞喝酒。他似乎也在以他的方式沉默地品味喜悅與滿足。

「等我明天回去後，就去秋子的靈前報告。她一定也很高興。有你替她報仇，而且是你的子彈命中熊的心臟，我覺得這比我自己殺死熊更開心。」

毅也感慨萬千，說道，

「我也去，我們兩個一起去掃墓吧。」

「好，我要帶著全家去掃墓。你也帶上你太太一起來。」

「她不是我太太。」

「噢，不然是什麼？」

「她還不是我太太。」

「這樣啊。那我講幾句不好聽的話應該沒關係吧。」

「當然。」

「那個女人雖然漂亮，卻是不會生孩子的女人。我大致上不會看走眼。她是那種只會招蜂引蝶卻不生孩子的女人。如果是我，絕對不會娶那種女人。」

毅低著頭沉默不語，十藏慌忙打住。

「我太多嘴了。你別放在心上。我講這些可沒有惡意。」

「沒關係。」

夏子不在席上。她在母親三人的枕畔照顧。村長的小老婆向來不會矯情地裝模作樣，此刻已經完全恢復活力，忙得團團轉。姑姑發出鼾聲熟睡，但祖母和母親始終在談論當時的恐懼，每次談到高潮就會渾身顫抖。

夏子忽然躺下，把臉埋在母親的枕邊。或許是因為亢奮逐漸平息，強烈的疲倦襲來。才看她趴下，下一秒已經全身麻痹似地睡著，不知不覺開始發出鼾聲。

母親給她蓋上自己的被子，仔細凝視女兒的睡顏說，

「一切都是這孩子引起的。虧她睡覺的模樣這麼孩子氣。」

「睡覺的樣子真可愛。」祖母也說。

「絕對不會錯。這是道地的黃花閨女的睡顏。」

2

《札幌時報》以「情侶獵熊獲得勝利榮冠」為標題，放在第三版的頭條報導此事，這個新聞甚至連東京的大報也報導了。獵熊一旦成功，夏子失蹤的家庭祕密，乃至祖母、母親、姑姑一家同行的實質援助，都將不再是祕密，因此成瀨總編輯顧慮到這點，特地在野口出發前打電話到東京，事先取得了社長的承諾。

野口因為這篇報導的成功，從成瀨那裡拿到一筆獎金，頓時成了上司眼前的紅人。成瀨甚至在大批社員面前稱讚他的文章，不過野口這篇文章，約有八成都是成瀨親自操刀修改的。

在札幌的旅館安頓下來休養的松浦一家，陷入食慾不振，正在傷腦筋。夏子一個人倒是吃得好睡得好，可是其餘三人，不管吃什麼都覺得有熊的味道，變得食不下嚥。

毅在掃墓後來到這家旅館，夫人們對他的歡迎比夏子還熱烈。他幾乎是被命令必須和松浦家一同返回東京，但這本來就是他的期望。

這起涉及生命危險的事件，猛然拉近彼此的心靈距離。如今毅無論在祖母或姑姑乃至最關鍵的母親眼中，都已成了未來的乘龍快婿。三人甚至當著小倆口的面公然保證，等兩人結婚後，會叫爸爸替他們蓋棟時尚的小房子供兩人居住。

後來他們決定等體力一恢復，就去函館那間充滿回憶的旅館休息半天，晚上再搭渡輪去青森。

在札幌車站，成瀨、黑川、十藏等人都來送行非常熱鬧，但在函館港的埠頭，意外的送行者出現了。之前從札幌出發時，因為臨時有事無法送行的野口，不知在哪約好的，帶著那個老牧馬人的寶貝女兒不二子，拿著彩帶專程來送行了。

夏子和不二子如今像親姐妹一樣親密握手。夏子毫不吝惜地把自己的兩件洋裝送給不二子，叫她修改之後留著穿。不二子不好意思地推辭，但夏子說希望她穿著那個偶爾想起自己，於是不二子收下這意外的美麗贈禮。

兩人帶來的彩帶是黃色和藍色的。在港口明亮的燈光中，夏子和不二子各執一端的黃色彩帶，和毅與野口各執一端的藍色彩帶糾纏在一起。彩帶越拉越長，最後快要斷掉時，夏子把自己的黃色彩帶交給毅，自己拿著毅的藍色彩帶。這個微妙的力量變化，似乎也立刻傳達給埠頭的兩人，夏子與毅年輕的視力，可以遠遠看見野口及不二子綻放欣喜的微笑。

「他倆會結婚嗎？」夏子呢喃。

「應該有那個打算吧。」毅回答。

兩人看著據說很像香港夜景的函館市函館山山麓的燈海閃耀，同時就像被燈飾裝點的軍艦那樣壯闊地逐漸遠去。夜晚空氣已經很冷。深夜的海上，早已有了秋意。

「那一帶正好是潮見丘神社。」

夏子指著山麓燈光逐漸變得稀稀落落的地方。

「山頂也有燈呢。」

「是啊。不知是什麼的燈光。那裡也有人居住嗎？」

塞滿五人的一等船艙太悶熱，兩人在短暫的睡眠中，夢見函館山頂天使似的雲層環繞的群山。

早上，隨著黎明來臨，毅和夏子來到甲板。

晨風拂面，朝陽從船尾的斜後方貫穿淡淡晨霧逐漸升起。海面徐徐染上桃紅色。

「回到東京後，什麼時候結婚。」

毅把手搭在夏子的肩頭說。

「這個嘛，隨時都可以。」

青年並沒有被這個不怎麼積極的回答嚇退，獨自沉醉於自己的幻想，繼續說道：

「等我回到東京後，就得努力工作彌補這段日子的請假。為了研究倉儲，說不定哪天會派我去美國出差。就算結了婚，剛開始也會很苦，過個兩三年，對，過個兩三年，就有錢替妳做和服了。至於生小孩，暫時不用急。我每天健健康康地上班，妳也健健康康地洗衣服做家事就行了。每週我倆可以去看一次電影。對了，妳喜歡跳舞嗎？」

「對……還算喜歡。」

「傷腦筋。我的舞技很差。那妳教我吧，無論探戈或倫巴，都要變得很會跳。……然後，過個十年，等我成為那家公司的高級主管後，我倆就去美國玩吧。我想應該不至於去不了。如果能買車，那就太棒了。雖然目前只是個夢想。……還有，關於我倆婚後要住的房子……」

夏子一直悲傷地凝視毅的眼睛。青年的眼睛的確「閃耀著希望」，然而，那是宛如香菸盒內的銀紙那樣廉價的光芒。第一次看到這個青年的眼睛時，曾經如此魅惑她，擁有魔力足以擄走她全身心的那種光芒呢？那種光芒，已經無處可尋，一丁點也不剩了！

如今這個雖俊美卻平庸的青年的眼中，看不到絲毫熱情。那是隨處可見的眼睛的光芒。是早晚的通勤電車中、下班時間的銀座一帶，隨便找找都有一大堆的青年眼睛。因為年輕所以閃耀光芒。僅此而已。

這是怎麼回事呢？那種宛如大熊星座的光芒到哪去了？夏子不停思考。

「對了，是因為殺死了熊。自從殺死熊後，這個人就失去那種光芒了。」

夏子悲哀的表情，因青年接下來的自言自語到達頂點。

「……婚後立刻要住的房子，就算通勤不方便，還是選郊外比較好吧。一進門，要有個小花壇，還要有白色門廊。雖然普通，但是就建造那樣的房子吧。妳爸要替我們蓋房子，所以應該可以自己設計。妳就儘管任性地提要求，讓他蓋一棟漂亮又可愛的房子吧。」

「我失陪一下。」

夏子離開他身邊。毅也沒多想，只是訝異地目送她。心想她一定會立刻回來。

夏子從上層甲板來到大廳。大廳裡，只等一抵達青森就要卸下的成排行李之間，服務生們正在四處打轉。

夏子覺得此刻的心情無人理解。就算自己解釋了，還是不會有人懂。只會給她貼上不知天高地厚的任性女孩這個標籤。

在房間醒來，一邊抱怨點的咖啡太淡，一邊無奈地舉杯喝咖啡的母親、祖母及姑姑三人，被夏子一進來就翻旅行袋的異樣舉動嚇到了。

「妳在找什麼？」

「時刻表。……從青森開往函館的船是幾點出發？」

「啊，妳說什麼？開往函館？妳有什麼重要的東西忘在那邊沒拿嗎？」

夏子沉默。手插在裙子口袋裡，走到圓窗前。船似乎終於要進入青森港了。

她猛然轉身，用那種充滿個性、具有某種特徵的斷定口吻說，

「我還是決定進修道院。」

三人目瞪口呆，放下茶匙。唯有三個咖啡杯冒出的熱氣，在這神祕的沉默中，

像青煙一樣冉冉上升……

夏子的冒險

夏子の冒険

作　　者　三島由紀夫
譯　　者　劉子倩
主　　編　郭峰吾

總 編 輯　李映慧
執 行 長　陳旭華（steve@bookrep.com.tw）

出　　版　大牌出版 / 遠足文化事業股份有限公司
發　　行　遠足文化事業股份有限公司（讀書共和國出版集團）
地　　址　23141 新北市新店區民權路 108-2 號 9 樓
電　　話　+886-2-2218-1417
郵撥帳號　19504465 遠足文化事業股份有限公司

封面設計　BIANCO TSAI
排　　版　新鑫電腦排版工作室
印　　製　博創印藝文化事業有限公司
法律顧問　華洋法律事務所　蘇文生律師

定　　價　380 元
初　　版　2024 年 4 月

電子書 E-ISBN
978-626-7378-72-4（EPUB）
978-626-7378-71-7（PDF）

國家圖書館出版品預行編目資料

夏子的冒險 / 三島由紀夫 著 ; 劉子倩 譯 . -- 初版 . -- 新北市 :
大牌出版 , 遠足文化發行 , 2024.04
280 面 ; 14.8×21 公分
譯自 : 夏子の冒険
ISBN 978-626-7378-73-1（平裝）

861.57　　113003441